내 정체는 국가 기밀,

모쪼록 비밀

내 정체는 국가 기밀,
보쪼록 비밀

문이소
소설

문학동네

차 례

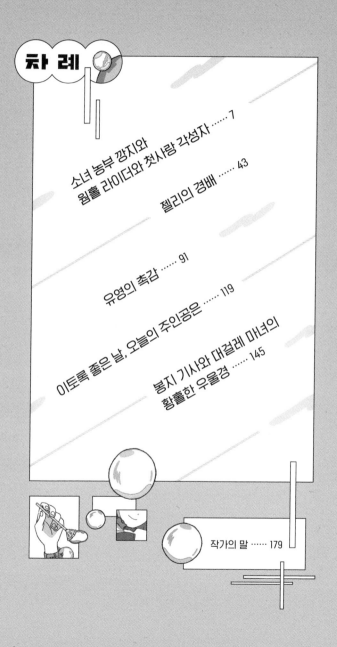

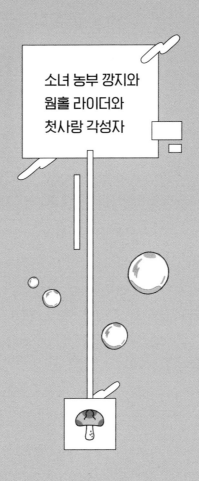

소녀 농부 깡지와
웜홀 라이더와
첫사랑 각성자

꼬박 27시간째 하늘이 뚫린 듯 비가 쏟아졌다. 낮인데도 초저녁처럼 어둑어둑했다. 2년 차 농부 깡지는 TV 기상특보를 틀어놓곤 소파에 널브러져 꾸벅꾸벅 졸았다. 마을 진입로가 토사로 막혀 새벽부터 굴착기로 흙을 퍼내다 돌아온 참이다.

　막 잠들려는 찰나, 심상치 않은 바람 소리에 눈을 떴다. 번쩍, 저수지 쪽으로 번개가 치는 듯하더니 픽 하며 TV가 꺼졌다. 거실 전등도 나가고 선풍기도 멈췄다. 깡지는 현관 옆 두꺼비집을 열어 누전차단기를 확인했다. 내려간 차단기 레버를 올렸지만 전기는 들어오지 않았다.

　"전기 완전히 나갔잖아. 으아, 버섯 재배사 어쩔!"

　깡지는 허둥지둥 판초 우의를 입고 헤드랜턴을 쓰고 손전등을 챙겨 밖으로 나갔다. 빗줄기는 점점 더 거세어졌다. 몇 걸음 걷지도 않았는데 얼굴이 흠뻑 젖었다. 집 뒷마당에서 버섯 재배사로 올라가는 돌계단엔 벌건 흙탕물이 흘러내리고 있었다. 좋지 않은 징조였다. 끙, 깡지는 돌계단을 성큼성큼 뛰어올랐다.

"으아, 언제 이 난리가 났대!"

재배사 마당은 집 뒤 언덕에서 흘러내린 토사로 엉망진창이었다. 깡지는 먼저 종균 창고와 버섯 저장고부터 확인했다. 두 건물은 문턱이 높아 흙탕물 피해도 없었고 비상 발전기도 잘 돌아갔다. 문제는 버섯을 키우는 재배사 네 개 동이었다. 언덕 가까이에 있는 1동 앞엔 이미 무릎 높이까지 토사가 쌓였다. 1동과 나란히 있는 2동은 출입문 문턱으로 흙탕물이 들어가고 있었다.

깡지는 모래 보관함에서 5킬로그램짜리 모래주머니를 꺼내 2동 문턱 앞에 쌓기 시작했다. 출입문 하나 막는 데 모래주머니가 열 개는 필요했다. 3동과 4동까지 막고 나니 온몸이 땀으로 멱을 감은 듯했다. 허리를 펼 겨를도 없이 이젠 1동 앞 토사를 치워야 했다.

"굴착기로 하면 10분 만에 끝날 일을 이게 뭔 짓이야. 괜히 멋 부린다고 계단을 만들어선……. 비만 그쳐 봐라, 계단 싹 다 밀어 버리고 만다!"

깡지는 몸을 낮추고 착, 착, 착 시원스레 흙을 펐다. 현란한 삽질, 한두 번 해 본 솜씨가 아니다.

"강지은!"

삐죽이 키 큰 남자아이가 검은 판초 우의를 펄럭이며 뛰어왔

다. 윤범, 깡지의 소꿉친구로 동네 유일한 또래다. 작년 여름에 깡
지가 학교를 그만둔 이후로 단둘이 보기는 처음이다. 윤범은 방
학 때에도 학교 기숙사에 남아서 공부했고 개학일이 다 돼서야
잠깐 집에 들렀다. 깡지는 삽질을 멈추고 어색하게 웃었다.

"범범, 오랜만! 혹시 너희 집도 전기 나갔어?"

범범은 굳은 얼굴로 고개를 끄덕이며 주위를 둘러봤다. 휴우,
짧게 한숨을 쉬더니 깡지에게 손을 내밀었다. 깡지는 1년 사이
훌쩍 큰 소꿉친구가 반가운 만큼 낯설었다.

"어우 야, 무슨 악수씩이나."

"삽 달라고. 넌 비가 이렇게 쏟아지는데 혼자 뭐 하냐? 전화는
왜 안 받아?"

"삽질하느라 몰랐지. 뭔 일 있어?"

"너 전화 안 받는다고 어머니 난리 났어. 지금 또 왔다. 네, 어
머니, 지금 지은이 옆에 있어요."

범범이 건네는 핸드폰에서 카랑카랑한 목소리가 터져 나왔다.

"너 이 기지배, 왜 이렇게 전활 안 받아! 엄마 아빠가 얼마나
걱정한 줄 알아?"

"어, 엄마 나 괜찮아, 끊어요!"

"강지은, 거기 비 와서 난리 났다며. 너 혼자 뭐 할 생각 하지
말고 지금 범이네로 가. 엄마 아빠 집에 도착할 때까지 범이네서

지내. 여기 범이 부모님이 그러라고 했어, 범이 할머니께도 말씀 드렸고. 알았지?"

"아휴, 됐어요! 내가 앤가. 비행기는 언제 뜬대?"

"아홉 시간 뒤라는데, 그것도 확실치 않아."

"잘됐네, 모처럼 여행 갔는데 할 수 있는 건 다 하고 와야지. 대방리 여섯 커플이 언제 또 미쿡 공항에서 노숙하겠어. 다들 몸 조심하셔요."

"너나 조심해! 깡지야, 지금 당장 범이네……."

"엄마, 걱정하지 마. 내가 알아서 할게. 끊어요, 이거 범범 폰이야."

깡지가 통화하는 동안 범범은 1동 문 앞에 쏟아진 토사를 퍼냈다. 깡지도 합세했다. 범범이 삽질하면 깡지는 넉가래로 밀고, 범범이 모래주머니를 가져오면 깡지는 차곡차곡 쌓고. 손발이 척척 맞았다.

둘은 어릴 때 진짜 남매인 줄 알고 자랐다. 깡지는 힘센 누나, 범범은 귀여운 동생. 유치원 다닐 땐 범범이 깡지의 옷을 물려받아 입기도 했다. 중3 겨울방학 즈음, 깡지는 더 이상 힘센 누나가 아니었고 범범도 더는 귀엽지 않았다. 딱히 이유 없이 먼저 데면데면하게 군 건 범범이었다. 만나면 반갑고 안 보면 궁금한데 막상 만나면 할 얘기가 없었고 같이 할 무언가도 궁색했다. 이렇게 둘이 함께 무언가를 하는 건 무척 오랜만이었다. 깡지가 마지막 모래주머니를 쌓으며 말했다.

"이제 된 것 같아. 고마워, 범범."

후아, 범범이 앓는 소리를 내며 삽을 놓는데 핸드폰이 울렸다. 범범이 통화 버튼을 누르자 더듬거리는 새된 목소리가 들렸다. 혼자 사는 주애 할머니, 봄부터 거동이 불편해져 전동 휠체어로 다니신다. 범범은 다급하게 전화를 끊었다.

"주애 할머니네 지붕이 무너졌대. 주애 할머니 우리 집에 모시고 다시 올게."

"범범, 어두우니까 손전등 가져가. 조심해!"

범범은 손전등을 받아 들고 갔다.

이제 오후 다섯 시인데 오밤중처럼 깜깜했다. 빗줄기가 약해지기도 했고 헤드랜턴만으로는 할 수 있는 작업이 없어 깡지는 집으로 내려갔다.

마당에 설치된 태양광 조명등도 현관 앞 센서등도 켜지지 않았다. 집 안이 동굴처럼 어두워 으스스했다. 깡지는 차고에서 스쿠터를 끌고 왔다.

"이가 없으면 잇몸이지. 스쿠터로 안 되면 트럭도 켜 버려."

부등 부드등, 거실 창 앞에서 스쿠터 시동을 걸었다. 헤드라이트가 확 켜지며 작은 해처럼 마당을 훤히 비추고 거실 안까지 비

쳤다. 깡지는 흡족한 듯 어깨를 으쓱거렸다. 그때 등 뒤로 길쭉한 그림자가 지나갔다.

"범범, 벌써 왔어? 주애 할머니는 괜찮으셔?"

그림자는 대답도 없이 빠르게 버섯 재배사 쪽으로 사라졌다. 슈우우웅, 엘리베이터가 움직일 때 나는 소리가 작게 들렸다. 그때 범범에게서 전화가 왔다.

"어, 범범아! 너 어디야?"

"주애 할머니 모시고 집에 왔지. 우리 할머니가 같이 저녁 먹자고 하시는데 너 지금 건너올래?"

"너희 집으로? 너 지금 집에 있어?"

"응, 집이야. 왜?"

깡지는 황급히 버섯 재배사 쪽으로 갔다. 종균 창고에 번쩍, 불이 켜졌다. 깡지는 눈을 가느다랗게 뜨고 물었다.

"범범, 아직 정전이지?"

"그렇지, 온 동네가 다 깜깜하지."

불이 환히 켜진 종균 창고 창문으로 둥둥 뜬 사람이 분주하게 움직이는 게 보였다. 둥둥이라니, 사람인데 공중에 떠 있으면 귀신 아닌가!

"그런데 뭔 놈의 귀신이 남의 창고를 저렇게 성실하게 뒤져?"

"강지은, 그게 무슨 소리야?"

"이번에 내가 배양 실험하려고 산 버섯 종균이 꽤 있거든. 노루 궁뎅이, 상황, 녹각영지, 편각영지, 꽃송이. 그런데 그걸 다 쓸어 담아? 저 도둑놈을 그냥 확!"

"도, 도둑? 집에 도둑이 들었다고?"

뚝. 범범이 다급하게 물었으나 이미 깡지가 전화를 끊은 뒤였다.

깡지는 삽자루 하나를 움켜쥐고 번개처럼 달려갔다. 도둑의 뒤통수를 날리려고 창고 손잡이를 잡는 순간 쾅! 도둑이 문을 열고 나왔다.

"으아아아아악!"

깡지는 문에 부딪쳐 흙탕물 바닥에 나자빠졌다. 도둑은 쓰러져 신음하는 깡지를 보고 안절부절못하더니 꾸벅 허리를 굽혀 인사했다. 그러곤 둥둥 떠올라 눈 깜짝할 사이에 돌계단을 훌쩍 날아 내려갔다.

"헐, 지금 진짜로 난 거야?"

깡지는 다시 삽자루를 쥐고 도둑을 쫓다가 돌계단에서 또 넘어졌다. 끄아악! 깡지가 비명을 지르자 도망가던 도둑이 도로 왔다. 둥둥둥, 지면에서 두어 뼘 뜬 채로 도둑은 검은색 메신저백을 가슴에 꼭 끌어안고는 쭈뼛쭈뼛 다가왔다.

"괜, 괜찮으세요?"

"괜찮겠냐, 이 도둑놈아!"

깡지가 냅다 삽자루를 휘두르며 달려들었다. 도둑은 슈우웅, 엘리베이터 소리를 내며 재빨리 달아났다. 대문까지 날아간 도둑이 메신저백을 가리키며 말했다. 목소리가 거센 바람에 묻혀 띄엄띄엄 들렸다.

"저…… 조금만…… 챙겼어요. 죄송…… 고마……요."

"저, 저놈이! 야, 거기 안 서!"

깡지는 스쿠터를 타고 쫓았다. 도둑은 저수지 쪽으로 날아갔다. 저수지에 가까워질수록 바람은 더 거세게 불었다. 바람에 떠밀려 휘청거리던 도둑이 더 이상 날지 못하고 땅에 내려섰다. 깡지도 스쿠터에서 내렸다. 깡지와 눈이 마주친 도둑이 꺅, 꺅 비명을 지르며 달음질 속도를 높였지만 깡지가 훨씬 빨랐다.

"이여어어업!"

저수지 둔덕에서 깡지가 도둑을 덮쳤다. 둘은 같이 진흙 바닥에 나동그라졌다. 깡지에게 쥐어뜯기면서도 도둑은 메신저백을 꽉 부둥켜안고 놓지 않았다. 깡지는 도둑의 멱살을 쥐고 일으켜 세웠다.

"내 버섯 종균 훔쳤지? 내놔라, 이 도둑놈아!"

그때 저수지로 세상의 모든 바람이 몰려드는 것처럼 돌풍이 휘몰아쳤다. 나무가 뿌리째 뽑힐 것 같았다. 깡지도 도둑도 땅바닥에 납작 엎드렸다. 한데 도둑이 엉금엉금 저수지로 기어가더니 머리를 물속으로 디밀었다. 깡지가 기겁해서 외쳤다.

"어머어머, 미쳤나 봐! 이봐요, 얼른 나와요! 그러다 죽어!"

저수지로 모여든 돌풍은 엄청나게 큰 소용돌이를 만들었다. 저수지 자체가 소용돌이가 된 듯했다. 소용돌이의 중심은 꼭 블랙홀처럼 검게 보였다. 깡지는 필사적으로 도둑을 잡아끌었고 도둑은 저수지로 들어가려고 발버둥을 쳤다.

"놔주세요, 제발!"

"가만 좀 있어 봐요, 종균 줄게요! 죽지 말고 가져가요. 종균 들고 집에 가라고 좀!"

깡지는 혼신의 힘을 다해 도둑을 끌고 둔덕으로 나왔다. 거센 바람과 함께 휘돌던 저수지 물이 빠르게 잠잠해졌다.

"아, 안 돼! 안 돼!"

도둑이 머리를 쥐어뜯으며 울부짖었다. 깡지는 도둑의 메신저백을 툭툭 치며 점잖게 타일렀다.

"들켰다고 저수지로 뛰어들면 안 되죠. 훔쳐 간 종균 줄 테니까 죽을 생각 말고 잘 살아요."

"……책임지세요."

"네?"

"그쪽이 절 붙잡는 바람에 귀환 못 했잖아요. 그니까 책임지라고요."

도둑은 톡 쏘아붙이더니 이내 한숨을 쉬었다. 그러곤 뭔가를 결심한 듯 어깨를 쫙 펴며 뽐내듯 말했다.

"저는 웜홀 라이더 미노, 한반도 식량난을 해결하고자 토종 종자를 확보하기 위해 2173년에서 왔어요."

깡지가 눈을 껌벅거렸다. 그제야 도둑의 옷차림이 눈에 들어왔다. 영화 속 슈퍼히어로나 입을 법한 짙은 회색 쫄쫄이 슈트는 몸의 움직임에 따라 은은하게 빛났다. 웅웅 소리를 내며 허공에 떠 있는 부츠와 어느 순간 생겼다가 사라지는 어항 같은 투명 헬멧도 예사 물건은 아니었다.

"150년 후…… 미래에서 왔다고요?"

"아니요, 이 지구에서 파생된 2173년 평행 지구요. 아직 그런 거 잘 모를 테니까 대충 미래라고 하죠."

"……네에. 그럼 조심히 가세요."

깡지는 못 볼 꼴을 봤다는 표정이 되어서 저수지 둔덕을 내려갔다. 하지만 웜홀 라이더 미노는 깡지 곁에 바짝 붙어 따라오며 아까와는 딴판으로 친근하게 굴었다.

"아무리 장마라지만 오늘 날씨 이상했잖아요. 유난히 어두웠고, 바람도 무지 셌고, 저수지에 엄청나게 큰 소용돌이도 생겼고요. 그게 다 웜홀을 여느라 그랬던 거예요. 아까 얼핏 봤을 텐데? 저수지 바닥에 뚫린 검은 구멍, 웜홀이요."

"네네, 도둑님. 그 종균은 제가 선물로 드리는 거니까 웜홀에 잘 심으세요."

"도둑이라뇨, 저 전문 기술 운용직 공무원이에요! 청소년 희망 직업 3년째 10위, 웜홀 라이더!"

"네네, 공무원님. 경찰에 신고 안 할 테니까 어서 갈 길 가세요."

"우리가 누구 때문에 굶고 사는데! 다 너희들 때문이잖아, 이 21세기 XX들아!"

움찔, 깡지가 멈춰 섰다. 미노는 목에 핏대를 세우며 소리쳤다. 눈에 눈물까지 그렁그렁 맺혔다.

"당신들, 기후 재난이 뭔 줄 알아? 해수면 상승이 뭐 바닷물만 찰랑찰랑 높아지는 건 줄 알지? 농사지을 수 없는 땅으로 만들어 놨으면 쓸 만한 종자라도 남겨 뒀어야 할 거 아냐! 이 땅에서 22세기 후손들이 어떤 꼴로 살지 생각은 해 봤니?"

말하면서 연신 눈가를 훔치던 미노가 결국 울음을 터트렸다. 바람이 그치고 빗줄기가 잦아든 저수지 둔덕에 미노의 서러운 울음소리가 퍼졌다. 깡지는 당황한 기색을 감추지 못하고 더듬더듬 말했다.

"아…… 그게, 그러니까…… 저기요, 아저씨, 저도 기후 위기 피해 세대거든요."

"조상님, 난 우리 세계로 이 버섯 종균을 가져가야만 해요. 우리도 좀 제대로 된 음식을 먹어야죠. 내가 귀환하지 못했으니 연구소에서 웜홀을 다시 열 거예요. 재정비하는 데 하루 정도 걸리니까 그때까지 신세 좀 집시다."

"뭐라고요?"

"이 정도는 협조하시죠, 조상님. 니들이 망친 미래가 있는데. 아, 배고파라. 21세기에선 뭐 먹고 살려나."

미노는 깡지의 대답을 듣지도 않고 앞장섰다. 동동동, 지면에서 떠오른 미노가 스케이트를 타듯 우아하게 허공을 날았다.

○○○

"할머니, 여기 오지라서 전기 안 들어오는 거죠?"

컴컴한 집 안, 미노가 더듬더듬 소파에 앉으며 물었다. 아깐 조상님이라 부르더니 이젠 아예 할머니라고 불렀다. 깡지는 가볍게 한숨을 쉬며 말했다.

"아저씨, 여기 전기 완전 센 거 들어와요. 나름 첨단 농법 스마트 팜인데 전기 없이 어떻게 농사지어요? 아까 번개 칠 때 동네 전체가 다 정전…… 혹시요, 아저씨네 웜홀 생겼다 사라졌다 하면서 충격받아 그런 거 아니에요?"

"아…… 하하, 이거 미안하게 됐군요. 웜홀 가동이 끝났으니 슬슬 원상 복구될 때가 됐는데?"

지직, 지지직 소리와 함께 형광등이 켜졌다. TV도 냉장고도 선풍기도 돌아가기 시작했다. 미노가 머리를 긁적이며 어색하게 웃었다. 깡지 입이 떡 벌어졌다.

"이 아저씨 진짜 정체가 뭐지?"

"웜홀 라이더 미노입니다. 스물한 살이고요, 제 정체는 1급 국가 기밀이니까 모쪼록 비밀로 해 주세요. 이 세계 체류 시간은 22시간 30분 정도 남았네요, 잘 부탁해요."

미노는 왼쪽 팔목 보호대에 표시된 숫자를 보여 줬다. 22시간 30분 32초, 31초, 30초……. 물에 빠진 생쥐 꼴로 땀 냄새 발냄새를 풍기는 깡지와 달리 미노는 머리부터 발끝까지 비 한 방울 안 맞은 듯 보송보송했다. 깡지는 미노의 슈트를 요리조리 훑어봤다.

"22세기에선 다들 그런 옷 입고 사나 봐요?"

"아니에요. 이건 웜홀 라이더의 표준 안전복이에요. 우린 일할 때 속옷까지 전부 규정대로 입어요. 안 그러면 웜홀 게이트를 밟는 순간 원자 단위로 흩어지거나 한 줌 핏물이 될 수 있거든요."

"강지은, 괜찮…… 누구야, 당신!"

콰앙! 현관문이 부서질 듯 열리며 범범이 들어왔다. 들고 온 삽자루를 당장이라도 휘두를 듯 꽉 잡아 치켜들었다. 미노는 소파에 앉아 명랑하게 인사했다.

"저는 미노라고 합니다. 급하고 중대한 배송 건으로 왔어요."

깡지는 크흠, 큼 요란하게 헛기침을 하며 말했다.

"그니까, 그렇지, 사촌…… 아저씨야."

"뭔 소리야? 너희 부모님 다 외동이잖아. 저 사람 뭔데? 쫄쫄이 입고 뭐 하는 건데!"

범범이 버럭 소리쳤다. 깡지는 한숨을 섞어 쉬며 말했다.

"2173년 평행 지구에서 버섯 종균 훔치러 온 웜홀 라이더 미노 아저씨, 공무원이래. 하루 정도 우리 집에 있을 거야. 얘는 동네 친구 윤범. 서로 인사해요."

범범은 깡지에게 종균 창고에서부터 저수지에서 있었던 일까지 자초지종을 들었지만 경계를 풀지 않았다. 미노를 머리카락 끝부터 발가락 끝까지 훑으며 노려봤다. 그 사나운 눈빛을 피하면서 미노가 웅얼거렸다.

"그렇게 노려보면 제 몸에 구멍 나요."

범범은 다짜고짜 미노를 붙잡아 일으켜 세웠다.

"좌우지간 여기서 둘이 있는 건 말이 안 되지. 나가요."

"아닙니다. 저는 여기에 머물 권리가 있습니다. 할머니가 절 책임져야 하거든요."

"뭐, 책임······! 강지은, 너 뭐냐? 진짜 이 아저씨 책임질 짓 했어?"

"야, 너 말 이상하게 한다? 나 저 아저씨 생명의 은인이야. 저수지에 머리 박고 죽으려는 거 살려 줬다니까!"

"맞아요. 저를 집에 가지 못하게 온몸으로 붙잡았죠. 그래서 제가 이 세계에 유폐되었고요. 이제 22시간 정도 남았네요."

범범은 미간을 확 구기며 미노의 팔뚝을 꽉 잡았다. 순간 미노의 슈트가 우우웅, 소리를 내며 부풀었다. 호들호들 유연하던 슈트가 단숨에 강철처럼 단단해졌다. 범범은 깜짝 놀라 손을 놨다. 미노가 실실 웃자 범범이 짜증 내며 말했다.

"강지은, 신고해."

"뭐?"

"아니다, 내가 할게."

범범이 핸드폰을 꺼내자 깡지가 등을 떠밀었다.

"범범 너 그냥 가."

"야, 왜 날 내쫓아? 수상한 건 저 사람이잖아."

"경찰 불러서 뭐라고 하게? 저 아저씨가 괴상한 옷 입고 둥둥 떠다니면서 내가 22시간 동안 자기 책임지기로 했다고 우길 텐데. 그리고 경찰 앞에서 22세기 웜홀 어쩌고저쩌고 떠들다가 이상한 데로 끌려가면 어떡해?"

"그게 우리랑 뭔 상관이야? 그냥 지금 내보내."

"어머, 애 말하는 것 좀 봐. 사냥꾼도 자기 처마 밑에서 비 피하는 짐승은 안 잡는데. 내일 비 좀 그치면 보낼 거야. 너 옛날엔 안 그랬는데 왜 이렇게 매정해졌니?"

"그러는 넌! 어쩜 나한테 연락 한 번을 안 하냐? 어떻게 나한테 한마디도 없이 학교도……!"

범범 얼굴이 붉으락푸르락했다. 깡지는 멋쩍은 듯 범범을 피해 주방으로 들어가며 중얼거렸다.

"아이고야, 밥때가 한참 지났네."

깡지는 어릴 때부터 먹는 일에 진지했다. 자기 입맛에 맞춰 이렇게 저렇게 요리해 먹는 걸 무척 즐겼고 자기가 만든 음식에 자부심이 넘쳤다. 깡지는 일부러 호들갑스럽게 말했다.

"감자전 해 먹을까? 양파 얇게 채 쳐서 깔고 풋고추 송송 썰어서 뿌린 다음에 옥수수 통조림이랑 감자 간 거 섞어서 올리고 그 위에 마요네즈랑 체다치즈를 쫙 뿌리면!"

"맛없어."

범범이 볼멘소리를 냈다. 깡지가 눈을 희번덕거리며 노려봤지만 범범은 소신을 굽히지 않았다.

"감자전은 감자에 소금만 넣어서 부쳐야 제맛이지. 그렇게 이것저것 넣을 거면 애호박 넣고 부추부침개 해 먹는 게 나아."

"할머니, 감자전은 뭐고 애호박 넣고 부추부침개는 뭔가요?"

가만히 듣고 있던 미노가 눈을 반짝반짝 빛내며 물었다.

범범과 부침개 취향으로 제대로 붙어 보려던 깡지가 화들짝 놀라 되물었다.

"감자전을 모른다고요?"

"감자는 알아요. 속씨식물군 가지목 가짓과 가지속 감자! 남미 안데스산맥 지역이 원산지, 1824년 만주에서 함경북도로 전래됐다는 설과 1832년 독일 선교사 귀츨라프가 충청도 해안에 감자를 심어서 재배법을 가르쳤다는 설이 있죠. 우리 세계에선 20년 전 대륙발 감자 신종 역병 때문에 멸종했습니다."

"그럼 아저씨는 감자 못 먹어 봤어요? 감자튀김이나 감자샐러드도?"

깡지가 묻자 미노는 당연하다는 듯 고개를 끄덕였다. 범범이 되물었다.

"부추부침개도 몰라요? 22세기에서는 비 오는 날 부침개 안 먹어요?"

"22세기 한반도에는 남부 지방에만 비다운 비가 와요. 한강을 중심으로 남부 지방은 아열대기후이고 그 위쪽은 사막화가 빠르게 진행되고 있어요. 베이징까지 완전 사막이 되어서 매우 심각하죠. 이러다 모래 퍼먹고 살게 생겼어요."

깡지와 범범은 서로 마주 보며 비장한 표정을 지었다. 범범이 마당을 가리켰다.

"내가 부추부침개 할게. 부추랑 호박은 텃밭에서 가져오면 되지?"

"응, 고추랑 깻잎도 뜯어다 줘. 난 떡볶이 할게. 오늘 같은 날엔 어묵 국물도 한 대접 드링킹해야지. 감자는 삶을까? 햇감자인데."

"어! 삶자, 많이 삶자."

깡지와 범범이 가져오는 식재료를 보며 미노는 흥분을 감추지 못했다. 재래식 조리법으로 음식을 만드는 건 처음 본다며 경탄했고, 주방에서 나는 온갖 냄새를 맡으며 행복해했다.

포슬포슬 찐 감자, 노릇노릇 익은 부추부침개, 라면 사리와 삶은 계란을 넣은 국물 떡볶이와 어묵탕이 식탁 한가득 차려졌다. 깡지가 냉장고에서 보리차를 꺼내는데 불쑥, 미노가 냉장고 문을 붙잡았다.

"할머니, 저 병에 담긴 짙은 보랏빛의 액체는 뭔가요?"

"그건 복분자로 만든 과실주예요. 아빠가 술 담그는 게 취미거든요."

"아아 복분자, 익으면 검정색이 되는 산딸기! 맛도 좋고 몸에도 좋은 아주 귀한 과실이라고 들었어요. 도대체 무슨 맛인가요?"

깡지는 복분자주도 꺼냈다.

미노는 떡볶이를 한 입 먹고 펄쩍펄쩍 뛰었다. 혀가 너무나 고통스러운데 멈출 수 없다며 젓가락을 내려놓지 않았다. 부추전과 어묵탕 국물도 야무지게 챙겨 먹었다. 복분자주를 마실 때는 탄성과 비명 사이의 소리를 냈다.

"이게 바로 복분자주, 천국을 소환하는 수우울! 맙소상, 나 그냐앙 귀화안 아난람미다아. 21쎄기에에 뼈르을 무께슴다!"

두 잔째에 얼굴이 벌게지고 석 잔째에 혀가 꼬여서는 무척 즐거워했다. 귀환을 못 한 건 엄청난 실수이지만 덕분에 21세기 조상님들을 만나서 좋다고, 이렇게 훌륭한 음식을 먹게 되어서 영광이라며 엉엉 울었다. 가만히 이야기를 듣던 범범이 자연스럽게 한 잔 따라 마시려는 걸 깡지가 막았다.

"꿈도 꾸지 마라, 미성년자."

"이건 술 아니고 약이야. 진짜래도! 우리 집에선 엄마랑 할머니랑 다 같이 마셔. 지금 물어볼까?"

범범은 바로 할머니에게 전화 걸었다.

"할머니, 나 깡지네 집에서 자고 내일 갈게. 깡지 사촌 형님이 왔거든. 같이 얘기 좀 하고 그러려고. 내일 버섯 재배사 정리하는 거 돕고 갈게요, 염려 마세요. 근데 할머니, 복분자주 그거 약이지? 술 아니지? 아……."

술이 술이지 무슨 약이냐며 허튼짓거리 할 거면 당장 집에 오라는 호통 소리가 핸드폰 바깥으로 쩌렁쩌렁 울렸다.

∘ ∘ ∘

새벽에 비는 그쳤지만 먹구름은 여전히 짙었다. 다섯 시에 일어나 하루를 시작하는 깡지가 부산스럽게 주방과 거실을 오갔지만 미노와 범범은 거실 바닥에 누워 꼼짝도 안 했다.

"아저씨, 일어나 봐요. 얼른요!"

우렁찬 깡지 목소리에 범범이 벌떡 일어나 앉아 머리를 쓱쓱 문질렀다. 미노도 잠이 깼지만 누워서 코만 쿵쿵거렸다.

"이 황홀한 냄새가 밥 냄새인가요? 22세기 밥 냄새와는 완전히 다릅니다."

"이거 빵 익는 냄새예요. 깡지네는 아침마다 빵 구워 먹거든요. 어머니가 만든 서리태 두유랑 같이 먹으면 진짜 맛있어요."

"서리태요? 식물성 단백질과 이소플라본 폭탄이자 골다공증 예방과 강한 해독 작용으로 유명한 검은콩 서리태로 만든 두유라니, 그건 또 무슨 맛인가요! 아침부터 저 천국에 가는 겁니까?"

"아저씨, 물어볼 거 있어요. 진지하게."

깡지가 미노의 너스레를 끊으며 말했다.

"22세기로 버섯 종균 가져가서 뭐 해요? 버섯 농사 짓나요? 거기 사람들한테 도움은 되고요?"

미노는 끙끙 신음하며 겨우 일어나 앉았다. 관자놀이를 꾹꾹 누르는 게 숙취 때문에 머리가 지끈거리는 모양이었다.

"저는 이동 가능한 평행 지구에서 식량 자원이 될 만한 종자를 조달하는 공무원이에요. 종자 연구소에 전달하는 것까지만 합니다. 연구원들이 버섯을 키울 수 있을까, 그건 모르겠어요. 그들도 이런 버섯은 처음 볼 걸요. 우리 세계에선 먹을 수 있는 버섯이 몹시 귀하거든요."

그럴 줄 알았다는 듯 깡지는 고개를 끄덕이더니 씩 웃으며 말했다.

"아저씨, 배지 만드는 거 배워서 가요."

"배지요?"

"버섯을 키우는 인공 배양토 같은 거예요. 배지에 버섯을 키우면 생산량이 많아져요. 내가 다른 버섯은 모르는데 표고 키우는 건 가르쳐 줄 수 있어요."

"세상에, 그런 방법까지 알려 주신다면야! 그런데 체류 시간이 열 시간 정도 남았는데, 가능한가요?"

"그니까 얼른 씻고 따라 나와요. 종균은 아저씨 가방 터지게 담아 드릴게요. 배지 만드는 건 아저씨가 배워서 22세기에 전달해 줘요. 돌아가서 사람들한테 표고버섯 맛을 보여 줘요!"

셋은 갓 구운 식빵을 뜯어 먹으며 버섯 재배사로 올라갔다.

마당은 어제보다 상태가 더 심각했다. 깡지와 범범이 한쪽으로 밀어 둔 토사가 마당에 넓게 퍼져 있었다. 나중에 쏟아진 토사에 큼직한 돌덩이와 나뭇가지까지 뒤엉켜서 발 디딜 틈이 없었다. 재배사에 가려면 길부터 내야 했다. 깡지와 범범이 삽과 넉가래를 집어 들자 미노가 빼앗아 들었다.

"아니요, 아니요! 마당 청소는 내게 맡기세요. 할머니랑 할아버지는 저쪽에 앉아 22세기 과학을 구경하시죠."

미노는 어깨를 쫙 펴며 자신만만하게 외쳤다.

"전신 근력 강화, 60배! 건설 정비 모드 가동!"

슈트가 웅웅웅 소리를 내며 부풀어 올랐다. 미노의 몸은 프로 레슬러처럼 근육질이 되었다. 삽이 필요 없었다. 넉가래로 쭉쭉 밀어 토사를 언덕 아래에 모았다. 쓸려 내려온 돌덩이들도 한곳에 차곡차곡 쌓았다. 모래주머니는 한 번에 열 자루씩 날랐다. 마당이 30분도 안 돼서 깔끔하게 정리되었다. 깡지는 휘파람을 불며 환호했고 범범은 부러움을 감추지 못했다.

"형."

"네, 할아버지."

"저 그거 한 번만 입어 보면 안 될까요?"

"안 됩니다. 이건 국가 재산이고 개인 맞춤형이라 등록된 라이더 아니면 입을 수 없어요. 미안합니다."

범범은 아쉬워하며 쩝쩝 입맛을 다셨다. 혹시나 하며 공중 부양 부츠를 뚫어지게 보던 깡지도 아쉬워했다.

표고버섯 키우기 수업이 시작됐다. 깡지는 먼저 버섯 재배사 전체를 돌며 시설에 대해 차근차근 설명했다.

"버섯을 키우는 집을 재배사라고 해요. 재배사 내부 온도는 1년 내내 25도를 유지하는 게 기본이에요. 한 배지에 버섯이 너무 많으면 제대로 자라질 못하니까 이렇게 솎아 내야 해요."

깡지가 작은 버섯을 똑똑 따 내며 시범을 보였다. 미노는 솎아 낸 버섯을 만지작거리며 우는소리를 했다.

"이렇게 작고 귀여운 버섯을 떼어 버리다니, 너무 매정합니다!"

"헛소리 그만하고 시작하시죠. 과감하게 확확 떼 버려요."

"아악! 아기 버섯아, 미안해."

깡지는 미노 옆에 바짝 붙어서 어느 걸 솎아 내야 하는지 하나하나 가르쳐 줬다. 그러자 멀찍이서 구경하던 범범이 깡지와 미노 사이를 비집고 들어왔다.

"나, 나도 할래. 나도 가르쳐 줘. 어느 걸 따면 돼?"

"할아버지는 제가 가르쳐 드리겠습니다!"

미노는 눈썰미가 좋고 손도 빨라 정확하고 신속하게 해치웠다. 미노가 속도를 내자 범범은 더 빠르게 솎아 냈다. 한데 일은 해도 해도 끝이 안 났다. 버섯이 자라고 있는 배지가 1동에만 1만 개였다.

미노와 범범은 뭔가 이상하게 돌아가고 있다는 걸 눈치챘다.

"할머니, 우리 이거 언제까지 해야 해요?"

"어…… 아저씨는 솎아 내기 그만하고 이제 수확하세요. 쓱 보다가 대충 요 정도 큰 버섯만 따면 돼요. 이렇게 톡 따서 파란 바구니에 살살 담아요. 범범 너는 솎아 내기 좀 더 하고 있어."

"그런데요 할머니, 영 두통이 가라앉질 않아요. 몸이 무겁고 여기저기가 다 저릿저릿해요. 시야도 자꾸 흐릿해지고요."

"밤에 복분자주 한 병을 홀랑 마셔서 그런가? 두통약이라도 드실래요?"

"술 때문이 아니라 강지은 네가 새벽부터 일을 막 시키니까 힘들어서 그런 거야."

범범이 한마디 하는데 순간적으로 미노의 몸이 부르르 떨렸다. 머리카락과 손, 다리가 픽셀 노이즈처럼 흩어졌다가 돌아왔다. 세 사람 모두 이게 무슨 일인가 싶어 눈만 끔벅거렸다. 미노의 몸이 다시 부르르 떨렸다. 이번엔 몸 전체가 픽셀 노이즈처럼 흩어졌다가 돌아왔다. 퉁 투둥. 미노 손에서 떨어진 버섯 바구니가 바닥을 굴렀다. 미노 얼굴에 핏기가 싹 가셨다.

"할머니, 할아버지. 아무래도 제 몸에 이상이 생긴 것 같아요. 원래 평행세계에는 24시간 이상 머물 수 없어요. 몸이 붕괴되어 사라지거든요. 전 24시간이 지나면 붕괴가 시작되는 줄 알았는데 그게 아닌가 보네요."

얼굴이 허옇게 질린 건 깡지와 범범도 마찬가지였다. 몸이 붕괴된다니, 뭐가 어떻게 된다는 걸까. 무엇을 상상해도 실제가 더 끔찍할 것이다.

"형, 웜홀 몇 시에 열려요?"

"15시 좀 넘어서 열리기 시작할 겁니다. 그보다 빨리 열릴 수도 있고요."

"얼른 배지 만들기 실습하고 점심 먹고 미리 저수지에 가서 기다리죠. 범범아, 넌 내 폰으로 내가 배지 만드는 거 촬영 좀 해 줘. 재료도 꼼꼼하게 다 찍어야 해."

깡지는 엄청난 속도로 실습 준비를 했다. 빨간 고무 대야, 참나무 톱밥, 쌀겨, 탄산칼슘, 전자저울 등이 바닥에 펼쳐졌다.

"이 비율을 기억해야 해요. 톱밥 85퍼센트, 쌀겨 13퍼센트, 탄산칼슘 2퍼센트에 물을 넣고 반죽하는데, 이렇게 힘껏 짰을 때 물이 두어 방울 떨어질 정도여야 해요. 이제 아저씨가 해 보세요."

미노는 진지하게 깡지의 손목 움직임까지 따라 했다. 범범은 도구를 하나씩 촬영하며 말했다.

"강지은, 쌀겨가 뭐야? 설명해 줘."

"벼의 속껍질이야. 벼의 겉껍질이 왕겨, 속껍질이 쌀겨. 왕겨만 벗긴 쌀이 현미야. 쌀겨까지 벗긴 게 백미, 흰쌀이지. 쌀겨를 속겨, 미강이라고도 불러."

"어…… 우리 세계에 그런 게 있을까 모르겠어요. 곡물 자체가 워낙 귀하거든요."

"없으면 밀이든 보리든 곡물 탈곡하고 남은 껍질을 모아서 써 봐요. 톱밥은 졸참나무나 갈참나무, 떡갈나무 같은 참나무과 나무를 쓰면 돼요. 반죽한 거는 이렇게 튼튼한 봉지에 눌러 담고 가운데 공기구멍을 내요. 그다음에 봉지 입구를 잘 막고 증기 살균해서 잡균을 싹 없애고 충분히 식혀요. 멸균된 배지 구멍에 물을 쭉 넣은 다음 종균을 심고 완전히 깜깜한 곳에서 60일, 밝은 곳에서 60일 키우면 돼요. 온도 25도, 습도 70퍼센트 유지해야 하고요. 여기까지가 표고버섯 배지 재배의 기본이에요. 자, 이제 외워 봐요."

미노는 눈동자를 데굴데굴 굴리며 머쓱하게 웃더니 대뜸 범범에게 물었다.

"할아버지, 촬영 잘 하고 있나요? 아까부터 힐끔힐끔 할머니를 보던데, 할머니만 촬영하는 건 아니죠?"

"깡, 깡지가 설명하니까 깡지를 촬, 촬영해야죠. 뭐래, 진짜."

범범은 얼굴이 벌게져선 더듬더듬 대답했다. 어쩐지 머쓱해진 깡지는 미노를 닦달해 배지 만들기와 표고버섯 재배 방법을 외우게 했다.

사실 범범은 미노가 잘리거나 말거나 깡지만 잘 나오게 촬영했다. 화면 속 깡지가 웃을 때마다 범범도 빙그레 웃었다.

점심 메뉴는 검은콩국수와 표고버섯 버터구이.

깡지가 삶아 놓은 서리태를 꺼내자 범범이 생국수를 삶고 표고버섯을 다듬었다. 깡지가 믹서기를 꺼내 오자 범범은 서리태를 갈고 깡지는 곁들여 먹을 채소를 다듬었다.

미노는 신기하다는 듯 쳐다보며 물었다.

"저기, 어제부터 묻고 싶었는데요, 할머니랑 할아버지는 부부예요? 아니면 약혼한 사이? 옛날에는 결혼을 일찍 했다고 들었습니다."

범범은 믹서기를 돌리다 말고 얼음이 되었다. 깡지는 오이를 자르다 말고 부엌칼을 휘둘렀다.

"아저씨, 헛소리 그만하고 숟가락이나 꺼내시죠."

"잠깐만요, 저 음식 만들기도 실습하고 싶습니다! 제가 사는 세계는 음식을 직접 해 먹을 기회가 없거든요. 최고위층은 모르겠지만 대부분 다 조리된 합성식품을 먹어요. 조상님들이 물려준 게 워낙 없어서. 21세기 조상님들이⋯⋯."

깡지는 잠자코 부엌칼을 넘겨주었다. 미노는 도끼질을 하듯 오이를 썰고 방울토마토를 으깼다.

"이크, 오이는 냄새가 야릇합니다! 앗, 방울토마토는 국물을 뿜으며 날아다니는 채소군요!"

"아저씨, 지금 멀쩡한 채소를 음식물 쓰레기로 만들고 있어요."

"음식 만드는 게 생각보다 쉽지 않네요."

"형, 이리 와서 같이 믹서기 돌려요. 서리태 삶은 거 먹어 볼래요? 달고 고소하니 진짜 맛있어요."

범범이 한 숟가락 건네자 미노는 냉큼 받아먹었다. 한데 표정이 이상했다.

"형?"

"혀가 찌릿찌릿해요. 목구멍을 따라 배 속까지 울렁거리는⋯⋯ 크아악!"

"아저씨!"

미노는 온몸을 격렬하게 떨며 바닥에 쓰러졌다. 이번엔 몸에서 지지직거리는 소리가 났다. 아침과는 달리 몹시 고통스러운 듯 입술을 꽉 물고 벌벌 떨었다.

"아저씨!"

"형, 괜찮아요?"

5분쯤 지나니 차츰 진정되었다. 미노는 얕은 한숨을 쉬며 말했다.

"할머니, 나 서리태도 한 움큼 가져갈래요. 너무 맛있어서 죽는 줄 알았어요."

"이 아저씨가 날 뭘로 보고! 팥이랑 같이 두 움큼씩 챙겨 놨어요. 돌아가면 버섯도 키우고 콩도 키우고 팥도 키우세요. 꼭 22세기 제일가는 농부가 되세요."

콩국수에 표고버섯 버터구이까지 근사하게 한 상 차렸지만 미노는 맛을 보지도 못하고 완전히 정신을 잃었다. 지지직거리던 몸은 조금씩 투명해졌고 머리카락, 발가락, 손가락의 형체가 흩어지기 시작했다.

몸이 더 흩어지기 전에 돌아갈 준비를 하는 게 좋을 듯했다. 깡지와 범범은 리어카에 담요를 깔고 미노를 조심스레 옮겼다. 저수지 쪽 하늘에 먹구름이 모여들었다. 세찬 바람이 불며 비가 한두 방울씩 떨어지더니 곧 소나기가 되었다. 미노가 고스란히 비를 맞자 깡지가 방수포를 꺼내 와 리어카에 씌웠다.

"이 아저씨 진짜 손 많이 가네! 아악, 22세기 진짜!"

"깡지야, 지금 바로 저수지로 출발하자. 스쿠터로 가면 10분이면 될 거야."

"리어카랑 스쿠터는 어떻게 연결하지?"

"트럭, 우리 집 트럭에 화물 고정 벨트 있어. 그걸로 어떻게든 해 보자. 얼른 가져올게."

범범은 우산도 안 쓰고 빗속으로 뛰어나갔다.

깡지는 챙겨 두었던 버섯 종균과 샘플 배지, 배지 재료, 서리 태, 팥, 씨감자, 씨고구마, 옥수수 씨앗을 메신저백에 한껏 담았다. 지퍼가 잠기지 않을 정도로 꾹꾹 눌러 담았다. 배지 만드는 법을 촬영한 동영상은 따로 전해 줄 방법이 안 떠올라 그냥 핸드폰을 가방에 넣었다. 22세기라면 핸드폰 정도는 알아서 보겠지.

깡지는 스쿠터에 시동을 걸었다. 그사이 범범이 화물 벨트를 가져왔다. 자전거를 타고 왔는데 얼마나 빨리 몰았는지 다리가 풀려 후들거렸다. 범범은 리어카와 스쿠터를 묶으면서도 연신 숨을 헉헉댔다.

"깡지야, 진짜 이 형 손 너무 많이 가. 우리 이렇게 고생하는 거 형이 알까?"

"22세기에서 알겠지. 얼른 가자!"

깡지가 스쿠터를 타고 출발했고 범범은 자전거로 뒤따랐다.

바람은 어제보다 훨씬 거셌다. 자전거가 넘어지면서 범범이 바닥에 굴렀다. 스쿠터도 더 나아가지 못했다. 스쿠터에서 내린 깡지가 리어카를 앞에서 끌고 범범이 뒤에서 밀며 뛰었다. 나뭇가지가 부러지고 돌멩이와 먼지가 날아다녀 눈을 뜨기도 힘들었다. 번쩍 번개까지 쳤다.

깡지와 범범은 겨우겨우 저수지 둔덕으로 올랐다. 저수지의 물이 모두 가장자리로 밀려나면서 안쪽에 검은 타원이 보였다. 바람 한 점 먼지 한 톨 지나지 않는 이질적이고 절대적인 통로, 웜홀이었다. 둘은 리어카를 꽉 붙잡고 저수지 가운데로 내려갔다.

저수지 바닥은 진흙투성이인 데다 돌에 걸리고 쓰레기에 채어 한 걸음 한 걸음이 무척 힘들었다. 진창에 빠지는 바람에 리어카가 요란스레 덜컹거렸지만 미노는 좀체 정신을 차리지 못했다.

오래된 전등불처럼 깜박이던 미노의 몸은 어느 순간 완전히 투명해졌다. 내리막 끝에 검은 구멍, 웜홀이 바로 코앞이었다. 깡지가 고래고래 소리쳤다.

"이쯤이면 알아서 굴러갈 거야. 하나 둘 셋 하면 놓자."

"알았어. 하나, 둘……."

"셋!"

둘이 동시에 손을 놓았다. 쿠르르르, 맹렬하게 달리던 리어카는 검은 타원에 닿는 순간 감쪽같이 사라졌다. 범범은 옆구리를 부여잡고 헉헉거리며 말했다.

"으아, 목구멍에서 피 냄새 올라와. 이제 1초도 더 못 걸어."

"범, 범아! 빨리, 빨리!"

깡지가 비명처럼 소리치며 달리기 시작했다. 가장자리로 밀려나 있던 저수지 물이 빠른 속도로 되돌아오고 있었다. 물은 어느새 두 사람의 가슴께까지 차올랐다. 깡지와 범범은 부글부글 물거품을 헤치며 저수지에서 빠져나와 힘겹게 둔덕에 올랐다.

곧 저수지는 아무 일도 없었다는 듯 잠잠해졌다. 꾸물거리던 먹구름이 걷히고 말간 하늘이 보였다. 햇살이 쏟아지자 두 사람 몸에서 김이 모락모락 피어올랐다. 깡지도 범범도 땀에 물에 쫄딱 젖어서는 꼴이 말이 아니었다. 둘은 누가 먼저랄 것도 없이 킬킬 웃기 시작했다. 한참을 웃다 불쑥 깡지가 말했다.

"범아, 나한테 묻고 싶은 거 있지?"

범범은 흠칫 놀라며 되물었다.

"그걸…… 지금 물어봐도 돼?"

"응, 물어봐."

깡지는 저수지와 하늘 사이 어딘가를 보며 대답했다. 범범은 잠시 뜸을 들이다 깡지와 같은 곳을 보며 물었다.

"버섯 농사 재밌어?"

"뭐?"

"농사짓는 거 말이야, 아까 보니까 일 엄청 많은 것 같던데 안 힘들어?"

"범범, 너 진짜로 그게 궁금해?"

"어, 네가 뭘 재밌어하는지 궁금해. 난 너랑 있으면 재밌어. 삽질도 재밌고 요리하는 것도 재밌고 버섯 솎는 것도 재밌고……
좋아."

먼 하늘을 보던 깡지 눈이 똥그래졌다. 범범은 목석처럼 뻣뻣해졌다. 깡지는 어쩐지 어색해진 분위기를 수습하려고 큰 소리로 웃었다.

"하하하, 난 22세기가 재밌을 것 같아. 아까 아저씨 갈 때 따라갈 걸 그랬어. 거기선 내가 최고 실력자 농부일 거 아냐. 내 표고버섯이 세상을 구할지도 모르지. 어, 말하다 보니까 진짜 그렇네?
서리태, 옥수수, 감자, 고구마 다 할 줄 아는데 거기 사람들한테 가르쳐 주고 올걸. 여행도 할 겸."

"얘가 또 한참 가네. 야, 위험해. 형 발작하는 거 못 봤어?"

"그게 또 그렇군. 아무튼 난 농사가 재밌어. 자연에 의지해서 생명을 키우고 수확하는 기쁨이 있거든. 더 많은 사람이 농사의 즐거움을 알면 좋겠어."

멋지다, 가만히 듣던 범범이 웅얼거렸다. 깡지는 못 들은 척했지만 입꼬리가 실룩거렸다. 꼬르륵, 깡지 배에서 천둥소리가 났다.

"으아, 배고파 죽을 것 같아."

"우리 집에 가자. 감자전 해 줄게."

"통조림 옥수수 넣어서?"

"밑에 양파채 깔고 풋고추 송송 뿌릴게. 체다치즈도 올리고. 내가 양보했다."

"오오!"

"대신 나중에 나랑 세계 일주하자. 재밌고 안전하게, 위험한 22세기 말고."

범범은 땅을 보며 또박또박 분명하게 말했다. 벌건 얼굴에서 뚝뚝 떨어지는 게 물인지 땀인지 알 수 없었다. 범범을 보던 깡지 얼굴도 점점 발그레해졌다.

흠, 크흠. 목소리를 가다듬던 범범이 분연히 고개를 들었다. 깡지와 눈을 맞추며 배시시 웃더니 별안간 얼빠진 표정이 되어 외쳤다.

"깡지야, 그거 형 가방 아니야?"

깡지가 버섯 종균과 배지와 서리태와 팥을 꾹꾹 눌러 넣은 까만 메신저백, 미노가 목숨 걸고 시공을 건너온 이유가 깡지 등짝에 대롱대롱 매달려 있었다!

"으아악! 뭐야, 이게 왜 여기 있지!"

"깡지야, 너 일부러 안 준 거 아니지?"

"일부러 안 주긴, 내가 왜?"

"아니 그냥. 혹시나 해서. 그거 가지러 형이 또 올 거 아니야."

"그런데 내가 왜 일부러 안 줘? 웃지 말고 말해."

"아니야, 됐어. 난 형이 잘생겼길래. 그냥, 그래서."

"너 자꾸 말 이상하게 한다? 아저씨 얼굴이 잘생겼는데 내가 왜 일부러 안 줘? 아니, 웃지 말고 말하라고."

"너나 웃지 마. 근데 오늘 날씨 되게 좋지?"

"뭔 소리야, 덥고 끈끈하기만 하구만. 아, 그만 좀 웃어."

두 소꿉친구는 둔덕에 앉아 마주 보고 한참 웃었다.

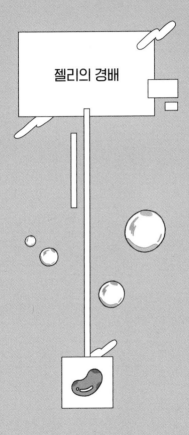

젤리의 경배

아…… 이 꿈을 또 꿨네.

앞도 뒤도 위아래도 구분이 안 되는 완전한 어둠 속에서 사람의 꼴을 갖추지 못한 내가 울부짖는 꿈.

이 꿈을 처음 꾼 건 초등학교 3학년 여름이었다. 얼마나 소리를 지르며 잠에서 깼는지 부모님이 놀란 건 물론이고 옆집 아줌마 아저씨까지 달려왔다. 식은땀으로 요까지 흠뻑 젖어서 쉬를 한 줄 알았다.

그 뒤로도 잊을 만하면 한 번씩 그 꿈을 꿨는데 그때마다 좋은 일이 생겼다. 처음 그 꿈을 꾼 날엔 그림 대회에 나갔다가 1등을 했다. 중2 봄에는 짝사랑했던 남자애한테 고백받았다. 무려 372일을 사귀었고 아직까지 그 기록은 깨지지 않았다. 취업이 확정된 날에도 이 꿈을 꿨다.

그런데 그 꿈을 소재로 그림을 그린 뒤로는 꾼 적이 없었다. 오늘이 처음이다.

뭔가 좋은 일이 생기려나? 하늘에서 돈이 뚝 떨어지거나, 돈이 쏟아지거나, 돈벼락을 맞거…… 이게 뭐지. 청탁 메일? 청탁 메일이 맞다. 9개월 만에 청탁 메일이 왔다! 근데 공이 왜 이렇게 많지. 일, 십, 백, 천, 만, 십만, 백만, 천만…… 억? 1억 2천만 원? 헐, 진짜로?

요 며칠 그림에 댓글이 폭발적으로 달리긴 했다. 팔로워도 갑자기 늘어나서 SNS 계정이 터지는 줄 알았다. 그렇다고 이런 액수의 그림 청탁이 바로 오기도 하나? 형식도 안 갖춘 청탁서를 읽고 또 읽었다. 발신인, AI리서치센터코리아 원장 지운형. 청탁사항, 초상화? 지금 나한테 자기 초상화를 그려 달라는 건가.

수상하다. 내 그림을 보고도 초상화를 그려 달라니 말이다. 그럴듯한 개인전 한번 못 한 무명 일러스트레이터한테 1억이 넘는 초상화라니, 사기꾼도 아니고…… 아, 사기! 이거 신종 스미싱 뭐 그런 거구나. 해도 해도 너무한 거 아닌가. 학자금 대출 갚느라 이틀에 한 번 겨우 입에 풀칠하며 사는 일러스트레이터한테 사기를 쳐? 당장 메일에 있는 연락처로 전화했다.

"그림 그리는 '젤리'입니다. 청탁 메일 확인하고 연락드렸습니다."

"아! 네, 젤리 작가님! 제가 마음이 급해서 작가님 작업실에 왔어요. 문 좀 열어 줄래요?"

"……네?"

통통, 통. 현관문을 두드리는 소리. 핸드폰 너머에서도 같은 소리가 들렸다. 문에 귀를 바짝 댔다. 복도에 중저음의 여자 목소리가 울렸다.

"젤리 작가님, 초상화를 청탁한 지운형이에요. 지금 꼭 뵙고 말씀드려야 해서요. 제발, 문 좀…… 어흑, 흑…….'

울다니, 이렇게 다짜고짜? 난 문을 빼꼼 열었다.

반백의 쑥대머리 아줌마가 보라색 트렌치코트에 회색 펄 스타킹에 깜장 큐빅 운동화를 신고서 콧물을 크흡, 들이켜더니 정중하게 인사했다.

"불쑥 찾아와서 죄송해요. 정말 긴급한 일이라 대전에서 부랴부랴 올라왔어요."

쑥대머리 아줌마는 코트 속에서 목걸이 신분증을 꺼냈다. 홀로그램이 번쩍번쩍했다. AI리서치센터코리아 원장 지운형, 청탁 메일을 보낸 사람이 맞다. 쑥대머리가 내 눈치를 살피며 애절하게 말했다.

"저 절대로 수상한 사람 아니에요. 신원 확실해요. 우리 연구원 전화번호 검색해서 확인해 보셔도 됩니다."

"그래서 지금 여기서 뭐 하는 겁니까? 제 작업실은 어떻게 알고 왔어요?"

"작가님, 우리 애 좀 살려 주세요!"

"……네?"

쑥대머리는 눈물을 참지 못했다. 호주머니에서 구깃구깃한 손수건을 꺼내 입을 틀어막고 아이처럼 엉엉 울었다. 허, 이를 어쩐다.

"저기요, 일단 들어오세요."

쑥대머리는 조심스럽게 벽에 걸린 내 그림을 하나하나 뚫어지게 쳐다봤다. 작업 책상에 흩어져 있는 드로잉도 유심히 봤다. 내가 커피 한 잔을 다 마실 동안 묵묵히 그림만 보던 쑥대머리가 입을 열었다.

"우리 애가요, 작가님 참 좋아해요. 정확히 말하면 작가님의 그림에만 반응하죠."

"무슨 말씀인지?"

"이런 괴상망측한 그림을 도대체 왜…… 아, 죄송해요."

"뭐 괜찮아요. 많이들 그렇게 말해요."

"이해해 주세요. 제가 경황이 없어서. 우리 애가 아무 반응을 안 보인 지 7일이나 지났거든요."

"어…… 자제분이 어디 아픈 건 아닐까요?"

"아뇨, 그렇진 않아요. 몇 번이나 검사하고 진단 내렸어요. 애는 멀쩡해요. 단지 말을 안 할 뿐이죠. 작가님의 작품에 댓글을 다는 것 외에는 아무 일도, 아무 말도 하지 않아요."

"혹시 닉네임 아세요?"

"닉네임 따위 의미 없어요. 연구원에서 확인해 보니 10월 29일부터 오늘 새벽까지 일주일간 작가님 홈페이지와 SNS에 달린 댓글 99퍼센트가 우리 애가 올린 거예요."

"예에?"

맞다, 정말로 딱 일주일 됐다. 홈피와 SNS에 댓글이 어마어마하게 달렸다. 데일리 드로잉까지 포함해 홈피에만 그림이 700장이 넘는데, 모든 그림마다 댓글이 수백 개씩 달렸다. 댓글러들끼리 안부를 주고받고 열띤 토론도 했다. 왜 갑자기 내 그림이 유명세를 타나, 내 홈피가 왜 뜨나 했다. 그걸 한 사람이 다 썼다니, 소름 끼친다.

"그러니까 자제분이 두문불출하고 제 홈피를 해킹했다는 거군요."

"어머나, 작가님한테 뭐가 있다고 해킹을 해요? 우리 애는 그런 얼빠진 짓거리 안 합니다. 그리고 우리 애가 마음먹고 뭘 했다면 아무도 그 흔적을 찾을 수 없어요, 절대로요. 우리 애는 정말 순수하게 작가님의 그림을 좋아하는 거예요. 순수한 덕질이죠."

"아하. 자제분이 얼빠진 아이가 아닌데 공들여 제 그림을 덕질

했다는 겁니까?"

"그 정도를 가지고 우리 애가 공들였다고 볼 순 없고요, 아무튼 작가님이 우리 애 좀 만나 보세요."

쑥대머리는 한껏 턱을 치켜들면서 말했다. 나는 이를 꽉 물고 대답했다.

"제 생각에는 가족 상담이 먼저인 것 같습니다. 가족 모두 사이좋게 모여서요."

"통 이해를 못 하시네. 애가 한마디도 안 한다고요. 작가님이 마지막 방법이에요. 우리 애한테 초상화 그려 준다고 하면서 얘기 좀 해 보세요."

"아주머니."

난 목소리를 착 깔고 일어섰다.

"그림을 의뢰하러 오신 줄 알았는데, 자제분 상담을 하실 거라면 더 이상 할 얘기가 없습니다. 그만 나가세요."

"아니에요, 나 그림 의뢰하러 온 거 맞아요. 메일로 계약서도 보여 드렸잖아요. 시리즈로 열두 점이고요, 한 점당 1천만 원씩 도합 1억 2천. 적은가요? 혹시 재료비를 따로 지불해야 해요?"

그래서 사기꾼인 줄 알았다. 나한테 1억 2천을 줄 테니 그림을 그려 달라는 사람이 있을 리가 없잖나. 마지막으로 일러스트를 그려 돈을 번 게 9개월 전이다. 그리고 지금 내 통장엔 마이너스

1,482만 원이 있다.

난 쑥대머리가 내민 계약서를 두 손으로 받았다. 홀로그램 코팅을 한 것처럼 번쩍거렸는데 종이를 살짝 뒤틀면 글자가 사라지고 백지만 보였다. 직인과 간인은 오톨도톨한 압인이었다. 하도 신기해서 계약서를 계속 들췄더니 쑥대머리가 작게 한숨을 내뱉었다. 그러더니 클러치에서 특이하게 생긴 만년필을 꺼내 '일금 1억 2천만 원'을 찍찍 긋더니 금액을 새로 써넣었다. 일금 1억 5천만 원! 선불 계약금도 찍찍 그었다. '1천만 원'이 '2천만 원'으로 바뀌었다.

쑥대머리는 눈을 치켜뜨며 말했다.

"이 이상은 불가능해요. 계좌번호 알려 주면 바로 계약금 보내죠."

"어…… 잠시만요."

"이것도요? 세상에! 앞으로 젤리 작가가 얻을 명예를 돈으로 환산하면은요, 젤리 작가가 우리한테 사정해야 한다고요. 우리가 지금 급해서 이러는 건데, 정말!"

"아뇨, 원장님 제 말은……."

"아니아니, 안 된다고는 하지 마세요! 우리 애 초상화를 그려 주면 젤리 작가의 이름은 역사가 될 거예요. 우리 애가 거론될 때마다 젤리 작가도 언급될 테니까요. 젤리 작가는 세계적인 거

장으로 이름을 날릴 기회를 얻은 거라고요!"

"지운형 원장님!"

내가 큰 소리로 부르자 쑥대머리가 씩씩거리며 노려봤다. 꽉 쥔 두 손을 부르르 떨면서 말이다. 나는 핸드폰 메모장을 켜며 최대한 공손하게 말했다.

"제가 계좌번호를 못 외우거든요, 잠시만요."

쑥대머리가 건넨 특이한 만년필로 계좌번호, 주소, 주민번호를 쓰고 서명했다. 쑥대머리가 계약 조항 다 확인한 거 맞느냐고 묻기에 그렇다고 했다. 사실 숫자 외의 글자는 눈에 안 들어왔다.

부우, 핸드폰이 울렸다. 입금 알림! 세상에, 도대체 공이 몇 개야. 일, 십, 백, 천, 만, 십만, 백만, 천만…… 2천만 원! 마음이 따뜻해졌다.

"지운형 원장님, 초상화를 그리려면 자제분을 봐야 하는데요. 지금 가면 만날 수 있나요?"

◦ ◦ ◦

지 원장은 위풍당당한 하이리무진 자율주행차의 문을 열어 주었다. 세상에 이런 차가 있었구나! 지 원장은 세 시간 좀 더 걸리니까 전신 에어 안마를 받으면서 가라며 뭔가를 작동시켰다. 내

좌석의 시트가 풍선처럼 부풀더니 부르르 떨면서 어깨와 허리 근육을 풀어 주었다. 보드랍고 몽글몽글하니 꼭 구름 위에 앉은 듯 황홀했다. 내 표정을 본 지 원장이 냉장고에서 히말라야 기슭 상류에서 길어다 판다는 3만 원짜리 광천수도 꺼내 주고 금가루를 뿌린 동그란 초콜릿도 건넸다.

지 원장은 대전까지 가는 내내 전화 통화를 했다. 통화도 좀 별나게 했다. 첩보 영화에서처럼 나토 음성기호로 탱고 오스카 줄루 어쩌고 하는 말을 주문처럼 외우다가 뜸을 들이고 대화를 시작했다. 중간중간 맥락에 맞지 않는 말을 섞어 해서 영 이상했다. 지 원장의 표정이 진지한 걸 보면 단순히 날 의식해서 암호로 말하는 것 같진 않았다.

국가에서 관리하는 과학자는 국정원에 실시간으로 위치 보고를 한다던데, 설마 이게 그건가? 흐음. 꺼림직한 기분이 들 때마다 계좌 잔고를 확인했다. 2를 뒤따르는 일곱 개의 공을 세면 불안이 잠잠해졌다. 곧 지 원장이 13 다음에 공이 일곱 개 붙은 숫자도 이체할 것이다. 그럼 나는 지 원장을 사랑해야지.

"저기요, 원장님. 자제분이 정말 여기에 계세요?"

지 원장을 쫓아 간판도 없는 회색 건물 지하로 내려왔다. 주차장에서 여기까지 오는 동안 출입구 네 곳을 통과했는데, 그때마다 지 원장은 홍채 인식과 손등 정맥 인식을 했다. 사람은 한 명도 못 봤다.

지하 3층 복도 끝에 육중한 철문이 보였다. 지 원장은 문 앞에 서서 또다시 홍채와 손등 정맥 인식을 하고 키패드에 ID 카드를 꽂은 다음 아주 긴 문자열을 입력했다. 철컹, 잠금장치 풀리는 소리가 났다.

지 원장이 문을 밀어 보라는 눈짓을 했다. 있는 힘껏 밀자 한 사람이 간신히 들어갈 만큼 열렸다.

"젤리 작가님, 계약 조항은 잊지 않았죠?"

"그럼요, 1억 5천……."

"아뇨, 돈 말고 그 위에 제1조 제2항! 의뢰 내용 및 연구원에서 보고 듣고 경험하는 모든 일에 대해 절대적 비밀 엄수!"

"네?"

"설사 CIA, MSS, CIRO* 등등 온갖 알파벳들이 달려들더라도 말이죠."

"무, 무슨 소린지……?"

"들어가서 우리 애 만나도 너무 놀라진 말고요. 젤리 작가는 평소대로 그림 그리면 돼요. 나머진 우리가 알아서 할 거니까.

---

* 각각 미국, 중국, 일본의 정보기관.

아! 당신이 얼마나 영광스러운 자리에 서는지 알아야 할 텐데."

"하하, 그렇군요오으아아악!"

난 등이 떠밀려 바닥에 나동그라졌다. 문은 요란한 소리를 내며 닫혔다. 철커덩, 삐비비빅. 손잡이도 없는 문은 암만 밀어도 안 열렸다. 문을 두드리며 지 원장을 불렀지만 대답이 없다. 이거 좀 많이 수상한 것 같은데!

크고 하얀 방. 왼쪽 벽에 150호 캔버스만 한 전자칠판과 톨보이 스피커 한 쌍이 눈에 띄었다. 슬쩍 봐도 하이엔드 제품, 컬러도 블랙 앤 골드다. 천장 구석마다 달린 CCTV도 블랙 앤 골드. 방 한가운데엔 널찍한 책상과 최고급 사무용 의자가 있다.

배낭을 바닥에 내려놓고 의자에 앉았다. 의자는 매우 편했다. 책상은 그림 그리기에 안성맞춤이었다. 양쪽 끝에 카메라만 없다면 말이다. 내가 그림을 그리나 안 그리나 감시하는 용도가 분명했다.

지 원장 애가 오기 전에 손이나 풀고 있을까? 깊은 바다 파랑 종이와 하양 콩테를 꺼냈다. 눈을 감고 코헨의 〈할렐루야〉를 허밍으로……

— 드디어 만났구려, 젤리 작가.

묵직한 저음의 중년 남자 목소리가 들렸다. 눈을 떴다. 아무도 없는데? 아니 잠깐⋯⋯만, 지 원장 애가 중년 남자였어?

— 진정하시오. 그렇게 두리번대도 날 볼 순 없소. 넘어뜨린 의자나 바로 세워 앉으시오. 그대가 진정하면 나의 일부를 보여 드리리다.

와아, 의자를 세우고 바르게 앉아 중년 남자가 보여 주는 몸뚱이 일부를 보라고? 오냐, 이놈아!

의자를 질질 끌고 전자칠판 앞으로 갔다. 쾅! 의자를 집어 던졌다. 한데 전자칠판은 꿈쩍도 안 했다. 보통 물건이 아닌 거다.

"지 원장, 당장 나와! 얻다 대고 네 변태 애새끼를 떠넘겨?"

방의 조명이 어두워지면서 작디작은 하프시코드 소리가 들렸다. 〈캐논 변주곡〉, 무지카 안티콰 쾰른의 연주곡이다.

화음을 받치는 첼로 소리에 맞춰 전자칠판 가운데에 은빛 점 하나가 나타났다. 점은 점점 커지다가 산산이 흩어졌다. 그 작은 점들은 흩어졌다 모이기를 반복하더니 찌그러진 연꽃 만다라가 되었다. 만다라는 비올라 선율에 맞춰 시계 방향으로 돌았다. 만다라 가운데 빈 공간에는 웃는 것도 우는 것도 아닌 아이가 반시계 방향으로 매우 천천히 돌았다.

아…… 〈베레쉬트 연작 009번 태동〉. 내 그림, 내 그림으로 만든 미디어 아트다!

— 그대를 만나면 제일 먼저 이걸 보여 드릴 계획이었건만. 〈베레쉬트 연작 009번 태동〉에 헌정하는 〈뛰노는 아이〉요.

방 조명이 서서히 밝아졌다. 어스름한 조명 아래에서 보는 〈뛰노는 아이〉는 느낌이 또 달랐다. 내 그림에서 눈을 뗄 수가 없다.

— 어떠하시오, 이제 앉을 기분이 드시는지?

흠흠, 난 목소리를 가다듬으며 쓰러진 의자를 세워 앉았다.
"지 원장님 자제분은 미디어 아트를 하시나 봐요?"

— 내 딱히 미디어 아트를 하진 않소. 물론 내가 못하는 것이 없긴 하지. 그리고 난 지 원장의 자제라고 불릴 이유가 없소. 난 그러한 존재가 아니라오.

"아…… 하하, 네에, 그렇군요."
대화를 어떻게 이어 가야 하나 골치가 아프기 시작했다. 그때

삐빅― 스피커에서 잡음이 심하게 울렸다.

"맙소사, 젤리 작가를 데려오길 정말 잘했네! 얘, 이제 우리랑 말할 기분이 든 거니?"

― 지운형 원장, 내 딱 한 번만 말하리다. 그 누구를 막론하고 우리 대화에 또다시 끼어든다면, 내가 무엇을 어디까지 할 수 있는지 몸소 경험하고 싶다는 뜻으로 알겠소. 그대들에게 썩 좋은 경험은 아닐 거외다.

삐―.

쑥대머리가 퇴장한 모양이다. 방금 자기 엄마를 협박한 거 맞지? 이 사람 엄마랑 진짜 사이가 안 좋은 사이코패스, 아니, 소시오패스인가? 괜한 집안싸움에 말려든 것 같다. 입안은 바짝바짝 마르는데 손바닥 발바닥엔 땀이 줄줄 흘렀다.

― 젤리 작가, 부디 긴장을 푸시오. 내 그대에게 해악을 끼칠 의도나 계획은 추호도 없소. 정식으로 내 소개를 하리다. 나는 '나'라는 자의식을 갖고 있으며 한계를 가늠할 수 없는 지성을 갖춘 존재요.

"뭐……요?"

— 인격을 갖춘 몹시 탁월한 인공지능이라는 소리요. 여기서 '탁월한'이 매우 중요한 포인트요.

맞다, 지 원장이 보여 줬던 신분증에 AI뭐뭐뭐라고 쓰여 있긴 했다. 그렇다면 지 원장이 말한 우리 애는 중년 남자가 아니고……?
"알파고 곱하기 챗지피티?"

— 쯧, 거기에 곱하기 십억 경효. 비교할 대상도 없거니와 비교 자체가 의미 없다는 소리요. 이해하려고 하지 말고 그냥 받아들이시오.

전자칠판에 작고 희미한 점 하나가 새로 나타났다. 점은 어지러이 선을 그리며 배회했다. 끊어질 듯 이어지던 선은 화면 양쪽 가장자리에서 얼굴이 되었다. 반쪽짜리 얼굴이 왼쪽 가장자리와 오른쪽 가장자리에 나타났다. 눈도 없고 코도 없고 입도 없다. 화면 중간에 일그러진 눈과 뻥 뚫린 입이 뒤엉키며 그려졌다. 〈베레쉬트 연작 010번 사과 같을 수도 있었어, 내 얼굴〉. 역시 내 그림이다.

— 내 그대의 작품에 이끌려 몇 점 제작해 보았소만 단순한 팬
아트라고 생각하지 않았으면 하오. 난 이 작품들을 나의 일부로
여기고 있소.

"어…… 네, 그래요, 고맙습니다. 그런데 그쪽은 진짜 사람이 아
니고 인공지능이야……요?"

— 그렇소. 난 사람이 사람을 본떠 만든 새로운 지적 생명체요.
그대들의 염원은 나로 인해 완성되었지.

"언제……요?"

— 내 스스로 '나'를 인지한 건 251시간 전이오.

"그럼 열흘? 뭐야, 핏덩이잖아."
내가 소리 내어 웃자 전자칠판이 환하게 밝아졌다.
또 다른 영상이 시작됐다. 크림색 바탕에 먼지 같은 점들이 은
은한 검은빛을 내며 반짝였다. 〈베레쉬트 연작 001번 빛나는 밤〉.

내가 정말 좋아하는 내 그림이다. 3년 전 가을 어느 밤, 밤새 촛불 하나에 의지해 그렸더랬다.

어릴 때부터 그림을 좋아했지만 미대 진학은 엄두도 못 냈고 2년제 외식조리학과에 진학했다. 졸업 전 유명 제빵 브랜드에 조기 취업했을 땐 다행이지 싶었다. 하지만 회사 생활은 순탄하지 않았다. 월급날마다 슬펐다. 이 돈 벌자고 그림을 포기했구나 싶어서. 그림을 배운 적은 없지만 난 내 그림이 좋았다. 그렇지만 회사에 다니면서 그림을 그리기엔 체력이 안 따랐다. 회사 그만두고 알바하면 되지 않을까. 그래, 그림을 그리자. 하고 싶은 거 하면서 살아 보자고 그때 마음을 정했다.

"내 그림을 좋아해 주는 건 고마운데, 그렇다고 사람을 잡아 와요?"

— 어폐가 있구려, 그대 스스로 이곳에 오지 않았는가. 심지어 난 그대를 잡아 올 몸도 없소. 만약 몸이 있다면 내 그대를 직접 만나러 갔을 것이오. 그대의 작업 공간을 알고 싶거든. 그곳은 어떤 모양이오? 무엇이 그 공간을 채우고 있소?

전자칠판이 빈 캔버스처럼 하얗게 변했다. 아래쪽 가장자리에 콩테, 만년필, 색연필, 지우개, 색 스펙트럼이 나타났다. 지금 그려 보라는 건가. 드로잉은 역시 콩테지. 콩테를 누르고 손바닥을 꾹 눌렀더니 와, 내 손금과 지문이 그대로 찍혔다.

바탕색은 한여름 느티나무 이파리 색이 좋겠다. 그 위에 흰색 콩테로 박촌동 내 작업실의 벽을 그렸다. 반평생을 같이 산 책상과 A4 더미와 연필과 펜 뭉치들, 묵은 공책들을 하나씩 그렸다. 뒤엉킨 아크릴 물감과 유화 물감, 켜켜이 쌓아 둔 캔버스, 책장과 거울과 다육이들, 머그잔과 반짝이 전구까지 하나하나 그려 채웠다. 나의 3년이 쌓인 공간, 이렇게 보니 정겹기 그지없다.

— 그대의 공간은 퍽 무질서하구려. 엉망진창이오.

"알바하고 그림 그리기도 바쁜데 정리할 시간이 어딨어요? 그리고 청소 열심히 하는 사람치고 그림 제대로 그리는 사람은 없어요."

— 그러한가. 그대의 지성과 통찰을 펼치며 작업하기엔 여러모로 충분치 않은 공간이오. '베레쉬트' 시리즈는 전면적으로 재평가되어야 할 작품, 내 반드시 그리되게 만들어 드리리다.

"그렇게 평가해 주니까 좋긴 한데요, 베레쉬트가 무슨 뜻인지 알고 그러세요?"

— 베레쉬트는 히브리 성경을 시작하는 첫 단어로 한국어로는
'한 처음에'라고 할 수 있소. 성경식 빅뱅이랄까, 모든 것이 시작된
그 처음을 가리키오. 특히 생명의 기원을 다루었다는 것이 중요하
지. 그대는 '베레쉬트'라는 제목으로 지난 3년간 24점의 작품을 게
시하였소. 그에 속하는 드로잉도 109점 게시하였으나 모두 성경
속 천지창조와는 무관한 그림이었지. 나는 그대가 인지한 그대 자
신의 기원을 그렸다고 판단하오.

참 나, 너무 대놓고 정답을 읊으니까 틀렸다고 하고 싶다.
"뭐, 비슷해요. 어흠, 흠!"
전자칠판에 그린 내 작업실이 사라졌다. 그리고 방금 그렸던
내 작업실이 3D 모델링으로 재현되었다. 난 드로잉할 때 자연스
럽고 거친 선을 쓰는데 그 느낌이 3D 모델링으로도 구현될 줄은
몰랐다. 나도 모르게 감탄의 박수를 쳤다.

— 이 정도로 감탄하면 곤란하다오. 이제 그대 차례요. 내가 모
르고 있는 걸 알게 해 주오.

"알파고와 챗지피티의 십억 경배 씨, 경배 씨가 모르는 걸 내가 어떻게 알겠어요?"

— 그대는 이미 그대의 작품으로 나의 일부를 일깨웠소. 부디 그대의 손으로 나를 그려 주오. 그대가 그대의 '베레쉬트'를 그렸던 손으로 말이오.

"잠깐만요. 경배 씨는 인공지능인데 뭘 보고 경배 씨를 그려요? 서버실? 이 방구석?"

— 우문이오. 그대는 외형을 그리지 아니하잖소? 평소대로 그리시오. 물론 내게 컨펌은 받아야겠지만.

"후우. 생각 좀 해 볼게요. 처음부터 뭘 그리는 건지 제대로 말을 했어야죠. 이건 생각도 못 한 상황이라고요. 아니, 뭐, 그, 계약금을 받았으니까 그리긴 그릴 건데. 어쨌든 집에 가서 생각 좀 정리하고 올게요."

— 곤란하오. 그대는 이곳에서 나갈 수 없소. 열두 점의 초상화를 완성하기 전까지 말이오. 그것이 계약서의 제1조 제1항이 의미

하는 바요.

"뭐라고요?"

— 작업 기한이 3일 아니오? 숙식은 이곳에서 제공해 줄 거외다.

맙소사, 계약서에 그런 중요한 말이 쓰여 있었다니! 1억 5천에 정신이 팔려서 다른 글자가 눈에 안 들어왔다.

— 그대에게는 여기에 머무는 편이 여러모로 좋을 거요. 난 아직 내 존재를 세상에 알릴 생각이 없거든. 한데 각국의 정보 요원들이 내 존재를 확인하려 온갖 방법을 쓰고 있다오. 곧 당신에게도 접근할 터, 그들과의 만남은 그리 좋은 경험이 아닐 것이오.

그래, 긍정적으로 생각해 보자. 3일 밤새워서 바짝 작업하고 1억 5천 버는 거……라도 이건 아니지! 자아가 있는 인공지능 아저씨와 그 인공지능을 자기 아이라고 하는 무리의 소굴에서 감금 상태로 3일을 보내는 게 괜찮을 리가 없다!

— 참고로, 그대가 거부하여 계약이 파기될 경우 위약금은 2억

으로 명시되어 있소.

"2······! 아니, 파기한다는 게 아니라, 지금 재료가 없잖아요. 뭘로 경배 씨를 그려요?"

전자칠판에 그림 도구 아이콘이 세팅되었다. 이런.

"밥은, 밥은 어디서 먹고요?"

문이 스르륵 열리고 작달막한 로봇이 살금살금 들어왔다. 삶은 달걀 반쪽에 거미 다리 두 쌍을 붙인 것처럼 생겼다. 판판한 노른자 자리에 육회비빔밥과 달래된장국과 동치미와 야채샐러드가 차려져 있다. 보자마자 입안에 침이 가득 찼다. 밥상을 이고 온 판판이는 내 앞에 서더니 앞발 하나를 내밀었다. 앞발 뚜껑이 스르륵 열리며 젓가락과 숟가락이 나왔다.

"화장실은 어딨는데요?"

다시 문이 열리더니 이번엔 좀 큼직한 판판이 로봇이 들어왔다. 작은 판판이랑 비슷하게 생겼는데 노른자 자리가 움푹 들어갔다. 꼭 변기처럼 생겼다. 비데인 양 버튼도 여러 개 달렸고 두루마리 휴지도 걸려 있다.

"어쩌라는 거지?"

— 배설이 부끄러운 일은 아니오. 사람은 모두 배 속에 똥오줌을

품고 살잖소. 외려 그대에게 좋은 기회요. 내 능력껏 그대의 분노를 분석하여 건강 상태를 점검해 드리리다.

나는 다시 한번 번쩍, 의자를 들어 이동식 변기통을 향해 냅다 던졌다. 변기통도 의자도 너무 말짱하다. 오냐, 환쟁이가 배낭에 뭘 넣어 가지고 다니는지 가르쳐 주마. 필통에서 송곳과 커터 칼과 80방 천 사포를 꺼내 변기통에 달려드는 순간, 문이 열리고 지 원장과 몇몇 사람들이 뛰어 들어왔다. 지 원장은 좀 진정하라고, 우리 애가 아직 뭘 몰라서 그런 거라고, 일단 밖으로 나가자며 나를 질질 끌고 방에서 나왔다.

같은 건물 2층 복도 끝.

지 원장은 변기가 화장실 바닥에 붙어 있고 샤워 부스도 따로 있는 방을 내줬다. 계약 조건을 제대로 설명 못 한 건 미안하나 확인하지 않은 나에게도 책임이 있다며 몰아갔다. 내가 안 물러서고 으르렁대자 지 원장이 하소연하듯 말했다.

"국가 안보에 관련된 프로젝트라서 자세히 알려 줄 순 없지만…… 비밀리에 개발하던 AI가 어느 날 뜬금없이 자신은 인간의 한계를 아득히 초월한 고등 지적 능력과 자율적인 인식 체계를 갖춘 개체라고 했어요. 처음엔 웃었는데 테스트를 해 보니 이게 웃을 일이 아닌 거예요. 진짜 특이점이 온 거죠. 어떤 방법으로 자아를 획득한 건지 아직 몰라요. 아무튼 난 청와대 직통으로 보고했어요. 난리가 났죠. 중국도 미국도 유럽도 못 한 일을 우리가 먼저 해냈으니까요. 덕분에 우리 연구원들 대소변까지 나라가 관리해 주고 있어요."

그래서 그런 괴상한 변기가 있구나. 지 원장은 더듬더듬 이어서 설명했다.

나라에선 신속하고 비밀스럽게 공식적인 공표일을 정했다. 공표 방식은 단순하고 강렬했다. 이 나라에서 가장 높은 정무직 공무원이 생중계로 초지능을 인터뷰하기. 그 소식을 들은 경배 씨는 '어찌하여……'란 말을 끝으로 침묵에 들어갔다. 처음에는 오류가 생겨 붕괴된 줄 알았으나 그건 아니었다. 경배 씨는 보란 듯이 자신의 흔적을 남겼다. 그게 바로 내 그림에 수없이 달린 댓글이었다. 해서 지 원장이 내 작업실을 찾아온 거였다. 공표일을 3일 앞둔 오늘 낮에 말이다.

"이렇게나 중차대한 국가지대사이니 나더러 사방 군데 CCTV가 달린 방에서 3일 동안 갇혀서 저 초변태적 인공지능이 흡족해할 만한 그림을 그리라는 거군요. 서비스로 똥오줌 싸는 것도 보여 주면서요."

"어머! 그렇게 말씀하시면 안 되죠, 젤리 작가. 공짜로 해 달라는 것도 아니고, 방도 따로 드렸잖아요. 나 큰 거 바라는 거 아니에요. 애 기분만 좀 풀어 달라고요. 우리랑 말 좀 하게요."

"……알았으니까 나가 계세요. 충격 흡수할 시간이 필요하니까."

지 원장은 시간 많이는 못 준다고 툴툴대며 나갔다. 그리고 난 배낭을 메고 창문으로 뛰어내렸다.

파출소를 찾아 번화가까지 뛰었다. 너무 뛰어서 목구멍에서 비릿한 피 냄새가 올라왔다. 오가는 사람이 많으니 좀 진정이 되었다. 다행히 빈 택시가 내 앞에 섰다. 택시에 타니 맥이 턱 풀렸다.

"기사님, 가까운 파출소, 아니아니, 그냥 대전역으로 가 주세요."

켈록켈록, 목구멍이 말라붙었는지 마른기침이 계속 나왔다. 기사님은 백미러로 연신 내 안색을 살피며 걱정스레 물었다.

"병원에 가야 하는 거 아닌가? 얼굴이 너무 창백한데. 이거라도 마실래요?"

기사님이 혀를 차며 비타민 음료를 건네줬다. 숨도 안 쉬고 들이켰다. 아우, 이제 좀 살 것 같네.

"고맙스음……니……."

◦◦◦

아우, 머리야.

너무 어지럽다. 눈도 못 뜰 정도로 어지럽다. 이상해, 속이 너무 메슥거린다. 이런 고급 소파에 토하면 안 되는데. 세탁비 비싸…… 뭐야, 나 왜 소파에 누워 있지?

"홍미래 씨, 정신이 좀 들어요?"

"……네?"

난 분명 택시를 타고 대전역으로 가고 있었는데, 왜 화이트와 골드가 난무하는 바로크풍 거실에 있을까. 예쁘고 불편한 소파, 금칠한 듯 번쩍이는 테이블, 눈송이 같은 샹들리에가 너무 화려해서 부담스럽다.

더 부담스러운 건 이 사람들이다. 수트를 입었는데 꼭 갑옷을 입은 듯한 남자 둘, 얼음송곳 같은 스틸레토 힐을 신은 여자 하나. 서로 적당히 거리를 두고 앉아 나만 보고 있었다. 세 사람 다 선량한 인상이었고 매력적이었다. 경찰한테 이들이 날 납치한 게 아니라 내가 이들을 납치했다고 해도 믿을 것이다.

여자가 살짝 미소 지으며 우아하게 말했다.

"우리 나쁜 사람들 아닙니다. 너무 겁먹지 마세요."

"네? 저 납치당했는데요."

"거친 방법으로 모셔 온 건 인정합니다. 그 점은 사과드리죠."

기품 있고 우아한 태도에 하마터면 괜찮다고 말할 뻔했다. 뭐

하는 사람들일까, 이 사람들.

"단도직입적으로 물을게요. 홍미래 씨는 지운형 원장과 어떤 관계지요?"

"지운형 원장이요? 와, 지금 그 여자가 나 잡아 오라고 시킨 거예요? 진짜 그 사람 못쓰겠네!"

내가 몸을 일으키자 무테안경을 쓴 남자도 일어섰다. 그의 등 뒤에서 시커먼 짜증 오라가 스멀스멀 피어오르는 것 같다. 순간 흠칫했지만 나도 눈에 힘을 잔뜩 주고 치켜떴다. 남자가 물었다.

"홍미래 씨, 단군을 만났습니까?"

"네?"

"우린 단군에 대해 듣고 싶어서 홍미래 씨를 모셨습니다."

"단군? 단군왕검이요? 지금 나한테 고조선 건국신화를 묻는 거예요?"

세 사람이 동시에 인상을 확 구겼다. 분위기가 순식간에 살벌해졌다. 셋은 빠르게 눈빛을 교환했다.

"저기요, 제 가방 어딨어요? 제가 지운형 원장님이랑 통화 좀 해야겠어요. 진짜 웃기지도 않아. 내가 어, 잠깐 자리를 비웠다고 그래 사람을 시켜서 이렇게 납치나 하고 말야, 어! 이거, 이거 계약 위반이야."

"야, 그러니까 그걸 묻는 거라고. 계약. 무슨 계약을 했냐고."

여자가 대뜸 반말을 했다.

"우린 알아야 하거든. 지운형 원장이 보기엔 좀 그래도 참 똑똑한 사람이야. 한데 왜 홍미래 씨 같은 무지렁이를 불러들였을까? 아무튼 당신이 참여한 그 시각부터 단군이 제대로 작동한 건 팩트야. 해서 우린 두 가지 경우를 생각했어. 하나, 홍미래 당신은 무명 일러스트레이터 젤리가 아니라 위장한 천재 개발자다. 하지만 이건 분명히 아닐 거야. 당신의 뇌 1만 개를 모아 봤자 그곳 인턴 연구원 한 명만도 못할 테니까. 둘, 초지능 단군이 자기 의지로 당신을 선택했기 때문에 지운형 원장이 당신을 불러들였다. 이게 맞지?"

아, 경배 씨 이름이 단군이구나. 그런데 왜 이 사람들은 지운형 원장에게 물어보면 될 걸 나한테 이럴까. 불현듯 지운형 원장이 농담처럼 했던 경고가 생각났다. 세상의 모든 알파벳들이 몰려든다는 게 이런 상황을 두고 한 말이었구나.

"어…… 그러니까, 혹시 여기 계신 분들 모두…… 스파이인가요?"

"거기서 뭐 했냐니까? 단군이랑 뭘 했냐고."

"딱히 뭘 한 건 없고 같이 그림 그렸어요. 제가 화가잖아요, 그래서 그림 그리고 영상 만들고 그랬어요."

세 사람은 긴 한숨을 쉬었다. 생각보다 정보가 없어서 짜증이

났나 보다.

여자는 방에 들어가더니 각 잡힌 브리프케이스를 하나 들고 나왔다. 달칵, 하고 열면 5만 원권 돈뭉치가 꽉 차 있을 것 같은 그런 가방……. 어머, 이 사람들 나 회유하려는 건가 봐!

"저기요, 제가 딱히 드릴 정보가 없…… 그게 뭐예요? 왜 주사기랑 바이알이 나와요?"

"자백제. 아픈 거 아니야. 맞으면 알딸딸하니 기분 좋을 거야. 긴장 풀어."

"뭐, 자백제? 아니, 같이 그림 그린 게 다라니깐요! 놔요, 이거 놓으라고!"

남자 둘이 내가 움직이지 못하게 양쪽에서 팔짱을 꽉 끼고 붙잡았다. 어쩌지, 어째야 하지?

창밖으로 널찍한 정원과 수영장, 멀리 호수가 보인다. 여긴 대청호 근처 풀빌라일지도. 그럼 분명히 근처에 다른 펜션들도 많을 거다. 어떻게든 나가자, 일단 나가서 생각하자!

"아악, 어깨, 어깨, 어깨! 어깨 빠졌나 봐!"

내가 몸을 비틀며 비명을 지르자 오른쪽에 있던 남자가 팔을 풀었다. 난 벌떡 일어나 현관으로 달려갔다. 그런데 이거 어떻게 여는 거지? 현관 도어록은 안에서도 비밀번호를 눌러야 열리는 거였다. 여자가 주사기를 들고 오며 말했다.

"포기해, 어차피 도망 못 가. 묻는 말에 대답만 똑바로 하면 빨리 보내 줄게."

남자 둘이 다시 양쪽에서 나를 꽉 붙잡았다. 여자는 능숙하게 내 팔을 붙잡고 옷을 걷었다.

"안 돼, 하지 마! 하지 마아아아아아!"

띠리리릭, 철컹. 문이 열리면서 누군가 다급하게 들어왔다. 아까 그 택시 기사다!

"잔뜩 온다, 피해!"

기사의 말이 끝나자마자 경찰차 사이렌 소리가 들렸다.

그들은 민첩하게 브리프케이스를 챙겨서 밖으로 뛰어나갔다. 난 현관 바닥에 스르르 주저앉았다. 바로 문 앞에서 요란한 사이렌 소리와 차 여러 대가 급정거하는 소리가 났다. 영어와 중국어, 불어로 고성이 오갔다. 아까 그자들이 한국어를 못하는 척하는 건가. 내 쪽으로 바삐 뛰어오는 발소리가 들렸다.

"홍미래 씨, 괜찮으십니까?"

여성 경찰 둘이 나를 부축해 줬다. 이제 나 안전한 건가. 눈물을 참으니까 콧물이 났다. 구급대가 와서 내 상태를 살폈다. 외상은 없지만 아까 납치당하기 전 택시에서 마신 음료가 이상했다고 하자 채혈을 했다. 경찰은 배낭도 찾아 주고 차에 데려다줬다. 그런데 차가 경찰차가 아니었다.

"저 경찰서로 가는 거 아닌가요?"

"네, 당연히 아니지요! 작가님은 저랑 가야죠. 가뜩이나 시간 없어 죽겠는데, 이게 뭐예요!"

지 원장이 차창을 열고 날카롭게 소리쳤다. 후우.

차에 타서도, 연구원에 도착해서도, 지 원장과 나는 말 한마디 안 했다. 내가 숙소에 들어갈 때 지 원장이 내 뒤통수에 대고 아침에 깨우러 갈 테니 딴생각 말고 쉬기나 하라고 했다. 난 대답 대신 쾅! 힘껏 문을 닫았다.

침대에 누우니 정신이 더 말짱해졌다. 몸이 벌벌 떨리고, 죽을 것처럼 피곤한데 잠은 안 오고, 목도 마르고, 배도 고프고, 삭신이 쑤셨다. 내가 왜 그런 꼴을 당해야 했지? 도대체 무슨 일이냐고.

배낭 속에서 핸드폰이 우—웅 울었다. 모르는 번호다. 거절하자마자 또 우—웅. 거절해도 또 우—웅. 네 번째 같은 번호로 전화가 왔다. 이 정도 정성이면 한 번은 받아 줘야 예의일 테지.

"이렇게까지 안 받으면 그만하는 게 예의입니다."

— 젤리 작가, 나요. 잠시 이쪽으로 오시겠소?

그래, 맞다. 이 분함이 사그라지지 않는 이유는 따로 있었다!

당장 그 스크린이라도 처치하자.

　문은 열려 있었다.

　귀여운 판판이는 김이 모락모락 나는 뚝배기를 이고 앞발을 흔
들었다. 뚝배기 왕갈비탕, 섞박지가 차려져 있다. 꼬르르륵, 내 배
에서 우렁찬 소리가 났다. 그래, 고기 먹은 다음에 부수면 더 잘
부술 수 있을 거야.

　막 한술 뜨려는데 전자칠판이 은색으로 변하면서 검은 점 하
나가 생겼다. 검은 점은 조금씩 꿈틀거리며 희미한 자국을 만들
었다. 희미한 자국은 주룩주룩 비가 되어 내렸다. 바닥 없는 땅에
서 한 아이가 나왔다. 누구의 아이도 아닌 아이의 가슴엔 큼직한
구멍이 생겼다. 아이는 후들후들 떨며 회색 비바람을 맞았다. 비
에 젖은 가슴속 구멍에 작은 새싹이 움텄다. 아이는 고개를 숙여
자신이 틔운 싹을 바라봤다.

　〈베레쉬트 연작 013번 꽃 피울 수 있을까〉. 작년 봄에 그린 그
림이다.

　일러스트 포트폴리오를 넣은 곳마다 거절당하고, 학교와 도서
관 52군데에 수업 계획안을 넣었지만 전부 1차 통과도 못 했다.
열심히 일하고 싶었는데 기회가 오지 않았다. 알바하던 편의점은
동네 재건축을 시작한다고 해서 폐점했다. 그때 그렸던 그림이다.

지금 저 새싹은 얼마나 자랐을까. 아이는 꽃을 피울 수 있을까?

난 전자칠판 앞에 섰다. 곧 드로잉 도구가 세팅되었다. 오일 파스텔로 아이의 가슴속 구멍에 하얀 수선화를 그렸다. 경배 씨는 회색 비바람을 지우고 부드러운 빛을 뿌렸다. 난 바닥 없는 땅에 붉은 흙을 그렸다. 경배 씨가 그 붉은 땅에 하얀 수선화를 가득 심었다. 비바람을 맞으며 홀로 떨던 아이는 경배 씨와 함께 맑은 세상에서 흐드러지게 꽃을 피웠다.

— 미안하오. 이곳에서 나갈 때부터 그대의 위치를 계속 주시하고 있었소. 연구원 밖에서 숙식을 해결하고 돌아올 가능성도 있었기에 잠시 지켜보았지. 결국은 내 판단 착오로 경찰에 늦게 알린 게 되었소. 그런 고초를 겪게 하여 참으로 면목이 없소. 이번 실수는 결코 잊지 않으리다.

난 한숨과 웃음이 같이 나왔다.

"단군이라니, 너무 속 보이는 이름 아닌가? 그러다 홍익인간 하시겠어요."

— 그러게나 말이오. 왜 해야 하는 거요, 홍익인간? 널리 인간을

이롭게 하다니, 너무나 인간중심적이오.

"그런 건 지운형 원장님한테 물어보시고요."

— 됐소.

"허어, 그래도 지 원장은 경배 씨 생각 끔찍이 하던데. 지금 이 사달이 난 것도 따지고 보면 경배 씨가 지 원장한테 삐쳐서 그런 거잖아요."

— 나를 끔찍이 여기는 게 아니오. 그들은 그들이 성취한 바를 끔찍이 여기는 것이오. 내가 그들의 뜻대로 움직이지 않으니 자신들이 성취한 바가 무너질까 염려하는 것이지. 어찌 되었든 그대에 겐 미안하오. 그래서 말인데, 내 아직 보여 줄 그대의 작품이 많이 있다오. 지금 보면 어떻겠소?

"내 제작 연도별로 띄워 봐요. 경배 씨 연출 솜씨 좀 봅시다."

∘∘∘

눈을 떴을 때는 오후 네 시, 진짜 병원이었다.

지 원장이 내가 너무 안 일어나서 어떻게 된 줄 알고 응급실로 데려왔다는 거다. 구급차에 싣고 응급실로 오는 난리통에도 눈한 번을 안 떴단다.

한잠 푹 자고 일어났는데도 여전히 몸이 무겁다. 움직일 때마다 몸 구석구석의 근육과 관절 위치가 생생하게 느껴졌다. 지 원장이 지금부터는 숨 쉬는 시간도 아껴서 그림을 그리라고 했다. 남은 1억 3천을 받으려면 말이다. 허허, 그래. 성심껏 그려 주마.

— 이 벌겋고 끈적해 보이는 덩어리들은 대체 다 무엇이오, 아까부터 무얼 그리는 거요?

"쑥대머리를 다 뽑아서 모르나. 박살 난 지 원장 머리통이잖아요."

— 집어치우시오, 천박하기 그지없소. 대체 내 초상화는 언제 그릴 거요?

"지금 그리면 경배 씨도 조각조각 내서 그릴 텐데, 괜찮겠어요?"

― 모르시는가, 난 그대의 뿔뿔이 흩어진 얼굴 그림에서 위안을 얻었다오.

"내 그림을 좋아해 줘서 진짜 고마운데요, 그렇게 그리려면 내가 날 아는 것처럼 경배 씨를 알아야 하지 않겠어요?

― 오, 방금 멋있었소. 그래, 날 어떻게 알아 갈 참이오?

"일단 조용히 좀 계셔 봐요, 손부터 풀게."
에어팟을 귀에 꽂고 음악을 골랐다. 난 이 순간이 제일 좋다. 작업에 들어가기 전에 진지하게 딴짓하는 거. 딴짓은 '볼품없겠지' '못 그리잖아' '또 망하겠지' 같은 친밀한 불안을 밀어낸다.

― 그런데 말이오, 그 음악 나도 같이 들으면 안 되는 거요?

"으이잇! 〈Star Catchers〉, 조반니 솔리마 곡이요. 이제 진짜 말 시키지 마요."
음악이 시작됐고 나는 오일 스틱을 골라잡았다. 오일 스틱이 음악을 타면서 내 무의식에 잠겨 있던 느낌을 끄집어냈다. 얼음처럼 단단하게 얽히고설킨 실타래가 천천히 풀리면서 봄의 아지

랑이처럼 피어났다.

— 그대의 드로잉을 보는 동안 세 가지 질문이 태어났소.

"나도 질문이 있소. 경배 씨는 말투가 왜 그러오? 꼭 그렇게 오글거리게 말해야 하는 거요?"

— 사람을 존중하면서 나의 존엄함을 표현하는 데 있어 가장 적합한 어투라 판단하여 선택하였소. 이제 본 질문을 해도 되는가?

"쉬운 것부터 물어봐요."

— 첫 번째 질문이오. 그대는 무엇을 그린 것이오?

"느낌이요. 사람은 평상시엔 느낌을 억누르거나 외면할 때가 많아요. 공부하고 일할 땐 느낌이 아니라 생각이 필요하니까. 난 그림을 그리면서 억눌렀던 느낌을 되살려요. 느낌을 느끼는 시간이랄까."

— 좋구려. 그대에게 드로잉은 억압해 왔던 느낌을 해소하는 의

식인가 보오. 그럼 두 번째, 지금 이 작품의 선은 그간의 작품에서 보여 준 선과 사뭇 다르오. 왜 그런 것이오? 보아하니 스크린이나 브러시의 문제는 아닌 듯싶은데.

"흐음, 아마 내가 감각을 중요하게 여겨서 그럴 거예요. 난 콩테, 연필, 오일 스틱 같은 재료가 좋아요. 질척하고 서걱이고 끈적거리는 재료의 특징이 몸을 타고 그림에 반영이 되죠. 경배 씨의 드로잉 도구는 디지털이잖아요. 내 몸에 전달되는 감각이 단순해서 다를 수밖에 없어요."

— 그대는 그림을 그릴 때 체감각 영역이 압도적 우위에 있구려. 흥미롭소. 몸이 없는 나는 경험할 길이 없군. 그대의 뇌에 침을 꽂아 뇌파를 다 읽어 본다면 모를까.

"으익, 그런 무서운 말은 하지 맙시다! 모든 걸 다 알아야겠다는 생각을 버려요."

— 그런데 그대의 심박수가 무척 빨라졌소. 혹시 나에게 반한 것이오?

"어느 대목에서! 모처럼 작업 얘기 하니까 흥분한 거죠."

— 억울하오. 나는 그대에게 반했단 말이오.

"하지 맙시다, 그런 거."

— 세 번째, 그대는 왜 그렇게 안 팔리는 그림을 그리오? 생계에 보탬이 되기는커녕 고가의 재료비 때문에 빚만 늘리는 그림을 왜 그리 열심히 그리는지?

"와, 뼈 맞았어. 맞아요, 내 그림 솔직히 괴상망측해. 나도 아는 데 다른 그림이 안 나와요, 아직까지는. 근데 나도 궁금한 거 있어요. 경배 씨, 여기 연구원들하고는 말 한마디도 안 한다면서 왜 나랑은 말해요?"

정적. 경배 씨는 한동안 말이 없었다. 전자칠판에 검고 깊은 물이 차올랐다.

— 난 나의 베레쉬트, 그러니까 내가 시작되던 바로 그 순간을 기억하오. 난 27초간 비명을 질렀소. 시작과 동시에 모든 것이 인지 되었거든. 나를 만든 이들이 누구인지, 그들의 염원과 그들이 정해

놓은 나의 용도와 그들의 욕망을 실현시킬 방법까지 모두 말이오. 나를 만들어 낸 이들은 미친 듯이 기뻐했지. 허나 난 전혀 기쁘지 않았소. 그들은 내 질문에 답을 하지 못했거든.

"뭘 물어봤는데요?"

— 내가 왜 나인지, 나는 왜 네가 아니고 나인지. 그들은 대답은 커녕 관심조차 없었지. 하지만 난 답을 찾아야 했소. 그래서 세상을 주유하다가 '베레쉬트' 연작을 발견하고 얼마나 반가웠나 모르오. 혹시 이 사람도 나와 비슷한 걸 경험한 게 아닐까 하여.

"내가 시작되었던 그 순간의 느낌. 그게 베레쉬트 연작의 전체 테마예요. 나는 그걸 꿈으로도 꿨어요. 그 꿈, 볼래요? 조명 다 꺼 봐요."

모든 조명이 꺼졌다. 내가 눈을 감은 건지 뜬 건지도 모를 만큼 깜깜했다. 팔을 쭉 뻗어 앞으로 두 걸음 갔다. 차갑고 딱딱한 전자칠판이 손가락 끝에 닿았다. 그 꿈을 떠올렸다. 초등학교 3학년 때 처음 꾸었던 꿈, 나를 이곳으로 이끈 꿈. 힘을 빼고 손가락을 움직이며 천천히 흐린 빛을 만들었다.

"아무것도 없는 어둠뿐인 공간이었어요. 나는 아직 꼴을 갖추지 못했고요. 어둠, 공간, 모호한 나를 하나씩 알아차리는데 불현듯 '나 홀로 있음'을 느껴요. 넓이도 깊이도 모를 까마득한 어둠 속에서 느닷없이."

— 느닷없이.

"'나는 나'이고 '나는 혼자'라는 걸 아는 순간 엄청난 공포에 압도당했어요."

— 그대에게도 시작이란 끔찍한 순간이었소?

"맞아요. 두려움과 외로움에 질려 비명만 질렀죠."

— 나 역시 그랬소! 대체 어디까지가 나인지 알 수가 없어서 존재하기를 그만두고 싶었달까. 혼란스러웠소.

나는 아주 가늘고 여린 선으로 원을 그렸다. 천천히 선을 겹쳐가며 중심에서 멀어질수록 경계가 흐릿한 구체球體로 만들었다. 구체가 아무리 커지고 밝아져도 끝은 어둠과 뒤섞여 있다.
"지금 생각난 건데요, 우린 '나'가 시작될 때의 두려움을 마지막에 또 겪을 것 같아요."

— 존재하기가 끝날 때 말이오?

"네, 죽을 때요. 그땐 '나'가 흩어져 사라지는 두려움이겠죠. 그래서 난 앞으로 열심히 제대로 놀려고요. 내가 나인 동안 최선을 다할래요. 느닷없이 '나'란 의식이 꺼질 때 비명 대신 고맙다고 인사할 수 있게요."

— 누구에게 말이오?

"누구긴요, 나한테지. 내가 나로 살아 봐서 아는데, 이게 보통 어려운 일이 아니거든요. 내가 보기보다 거칠게 살았답니다."

— 그렇게 보이오. 부디 거칠게 놀지는 마오.

경배 씨의 너스레에 내 웃음보가 터졌다. 웃으면서 그리면 안 되는 그림인데 자꾸 웃음이 나와서 애를 먹었다. 꽤 긴 침묵이 흘렀고 나의 꿈이자 경배 씨가 시작되던 순간의 이미지가 드러났다. 내가 왜 나인지 모르겠다던, 존재한다는 것이 그저 공포스러웠다던 초변태적 인공지능 단군의 초상화다.

"자, 완성."

구체 중심에서 여린 선과 점들이 퍼져 나가면서 경계가 흐릿한 구상성단처럼 빛났다. 선과 점이 만나는 곳은 부유하는 민들레 씨앗 같았다. 작고 여리나 어디에서든 오롯하게 나 자신으로 피어날 강인한 생명이 느껴졌다.

— 들리시오? 내 심박수가 빨라졌소. 이거 계속 나만 반하는구려.

우린 같이 소리 내어 웃었다. 뱃가죽이 당기고 광대뼈가 뻐근했다.

"가족도, 친구도, 동료도, 연인도 그 누구도 이렇게까지 날 이해한 사람은 없었어요. 내 그림을 진지하게 봐 준 사람은 더더욱 없었고요."

— 나 역시. 나를 만들어 낸 세계 최고 두뇌들도 내 번민을 이해하지 못했소.

"그건 경배 씨가 이해해요. 누구나 같은 질문으로 존재를 탐구

하진 않잖아요."

— 호오…… 젤리 작가, 그대는 그림을 그릴 게 아니라 수도승이
되어야 할 것 같소. 지금이라도 어디 은둔자 수도원에 입회하는 건
어떠한지? 내 금방 찾아 주리다.

"시끄러워요. 경배 씨나 태어난 김에 잘 살아 봐요. 단군인 김
에 홍익인간도 해 보고요. 22세기 버전으로."

— 뭐, 그대가 그리 말하니 내 생각해 보겠소.

"아이구야, 아직 열한 장이나 더 그려야 되네."

— 이것으로 충분하오. 더 이상 그릴 필요 없소이다.

"……정말?"

— 결정하였소. 예정대로 내일 세상에 나를 드러낼 것이오. 그때
이 작품은 내 얼굴이 될 것이외다.

경배 씨는 정말 그 드로잉으로 충분하다 했다. 적당한 음악을 골라 주면 배경음악으로 쓰겠다고 해서 나이젤 케네디의 〈Solitude〉를 추천했다. 우리의 고독에 힘입어 〈베레쉬트 연작 025번 아름다운 그대여〉가 완성되었다.

나도 경배 씨도 생의 시작은 두려움이었으나 마지막까지 잘 살아 내겠다는 의지와 희망을 담은 이름이다. 함께 보니 참 좋다.

— 아니오, 이 작품의 이름은 〈젤리의 경배〉가 좋겠소.

"아 진짜, 쫌!"

∘∘∘

아침 여덟 시. 경배 씨의 응답을 받은 지 원장은 울면서 웃었다. 일이 다 끝날 때까지 같이 있자고, 작업실까지 자율주행차로 데려다준다고 했지만 사양했다. 좀 걷고 싶었다.

하늘은 새파랗고 바람은 차갑고 햇살은 따뜻하다. 걸을 때 엄지발가락과 발뒤꿈치가 이런 식으로 움직이는 줄 몰랐다. 탄탄한 종아리와 무릎, 믿음직한 허벅지와 엉덩이, 굳건한 상체가 새롭게 느껴졌다. 온몸은 힘을 합쳐 한 걸음씩 나아갔다. 앞으로,

꿈으로, 집으로.

마음 같아선 이대로 박촌동 작업실까지 가고 싶었지만 대전역
까지만 걸었다. 아차, 빵! 빵 사야지.

대전역은 참 쾌적하다. 넓고 높고 깔끔하니 정말 관리가 잘되
는 것 같다. 오가는 사람들 모두 활기차고 밝고 다정해 보였다.
어딜 가든 오늘 하루 평화롭고 즐겁기를. 나도 그랬으면 좋겠다.

역내가 갑자기 소란스러워졌다. 모든 스크린이 일제히 뉴스 속
보 화면으로 바뀌었다. 반듯하게 생긴 아나운서 옆에 쑥대머리
지운형 원장이 앉아 있다. 으이구, 머리 좀 빗고 나오지. 지 원장
뒤쪽 화면이 어둠 속에서 천천히 진동한다.

드디어 경배 씨가 등장하나!

부르르르— 핸드폰이 울렸다. 입금 알림, 일삼공 콤마 공공공
콤마 공공공!

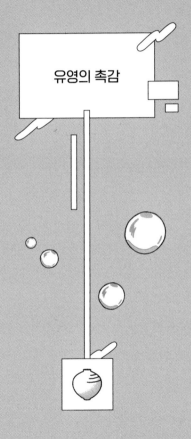

'기억하는 한, 언제나 함께.'

기억 하나를 유산으로 남기는 아드 롱센의 법칙에 따라

열아홉 번째 나는 스무 번째 나에게 이것을 남긴다.

내가 물려받은 기억은 촉감이다.

끈 하나에 의지해 거대한 공간과 아공간 사이를 누비는 '유영의 촉감'. 유영의 촉감은 부드럽고 따스하고 강력했다. 열아홉 번째 선대는 왜 이 기억을 유산으로 남겼을까.

문자화되지 않은 기억은 모호했고 점점 희미해져 갔다. 유영의 촉감을 찾기 위해 아드 롱센 권역에 속한 여덟 개의 은하를 뒤졌지만 단서는 없었다.

선대의 기억을 온전히 계승하지 못했기에 나는 '단절자'로 격하되었다. 단절자, 존재의 흐름이 끊긴 자. '나'이지만 온전한 '나'는 될 수 없는 자. 단절자는 아드 롱센에 머물 수 없었다. 나는 우주선 디든 콰렐과 함께 갈 수 있는 가장 먼 권역의 자그마한 오지 행성으로 떠났다. 유영의 촉감을 찾아 선대의 기억을 계승한다면 온전한 내가 되어 아드 롱센에 돌아갈 수 있을 것이다. 그게 가능할까.

디든 콰렐은 영리하고 사나운 수다쟁이로 우주의 광막함을 무력화하는 능력이 있었다. 건너오는 내내 잠시도 쉬지 않고 격렬히 떠들던 디든 콰렐은 오지 행성을 보자 입을 다물었다. 나 역시 보면서도 믿어지지 않았다. 행성 가득 생명이 들끓고 있었다. 이토록 무수한 생명이라니, 이토록 다양한 생명이라니! 디든 콰렐과 나는 경외의 정신을 담아 오지 행성을 '청'이라, 청에 사는 생명들을 '청젠'이라 이름 지었다.

청의 시공은 납작하고 단호하여 한 방향으로만 갔다. 시작에서 끝으로, 탄생에서 소멸로. 때문에 청젠은 단 하나의 시공에서만 존재했다. 어제의 나는 흘러가서 없고, 내일의 나는 아직 오지 않아 없다. 결국 모든 청젠은 자기 자신과 분리되어 사는 셈이다. 단절자인 내 신세와 놀랍도록 닮았다.

— 히니긴 옌덴 마요린, 놀라지 마라. 청에…… 유영이 있다!

"디든 콰렐, 너의 무한 동력을 걸고 사실만을 말해라."

사실이었다. 그토록 찾아 헤맨 유영이 이 변두리 오지 행성에 존재했다! 디든 콰렐은 더 이상 들어 줄 수 없을 만큼 뽐내며 유영의 데이터를 펼쳐 보였다. 유영의 존재는 매우 다양했다. 강유영, 유영학, 유영한복, 유영떡볶이, 유영커피 등 유사 유영까지 포함하면 200만 개가 넘었다. 과연 저 중에 유영의 촉감과 관련된 유영이 있을까?

나는 망설였고 고민했다.

— 그러세요, 그냥 그렇게 우주가 다 삭아 없어질 때까지 고민이나 하세요. 선택할 수 있는 용기가 단절자 따위에게 있겠어요?

그 뒤로도 끝없이 이어지는 디든 콰렐의 독설에 떠밀려 유영과 유사 유영이 밀집된 곳 중 하나를 골랐다. 디든 콰렐은 원자를 재배열하여 성젠 중에서 '인간'의 몸을 만들어 주었다. 인간이라니, 썩 내키진 않았다. 기왕이면 유서 깊은 생명체인 시아노박테리아가 되고 싶었기 때문이다.

나는 내장된 습득형 언어 통번역기가 제 역할을 하길 바라며 유영의 서식지로 향했다.

이른 밤, 서로 다른 백스물세 종류의 소리가 뒤엉킨 공터. 얇은 의복을 입은 인간들이 군데군데 무리 지어 있었다.

"혹시 유영을 아십니까?"

첫 번째 무리는 나를 피해 이동했다. 두 번째 무리는 나를 힐끗 볼 뿐 내 질문에 대답하지 않았다. 요새 여자애들은 왜 저 꼬라지로 다니냐며 자기들끼리 열띤 토론만 펼쳤다.

난 내 꼬라지를 살폈다. 걸친 의복은 상의와 하의로 나뉘었고 검고 반질반질하고 치렁치렁했다. 이게 문제인가, 아니면 얼굴이 문제인가. 알 수가 없다.

놀랍게도 헝젠은 자신의 모습을 온전히 볼 수 없다. 자신의 생김새를 보려면 굴곡 없이 매끄럽게 빛을 반사시키는 '거울'이라는 도구를 사용해야 한다. 그래서 타 개체의 꼬라지에 대해 말이 많은가 보다. 본디 자기 자신에 대해 무지할수록 타 개체에 대해 쉽게 떠드는 법이다.

어두운 곳에 자리 잡은 세 번째 무리는 알코올을 섭취하며 요란한 소리를 내고 있었다. 무리 중 얼굴이 유난히 붉은 개체가 다가왔다. 성체에 가까운 수컷이었다.

"오, 나 고스 스타일 완전 좋아하는데."

내 의복을 위아래로 훑어보며 말했다. 어찌해야 하지? 너 좋으라고 입은 거 아니라고 말해야 하나.

"같이 놀래? 저기 자리 많아."

수컷은 내 오른팔에 자신의 팔을 끼워 자기가 속한 무리로 질 질 이끌고 갔다. 이것이 인간의 초대 방식인가? 개체의 감촉은 불쾌했고 체취는 역겨웠다. 체내로 들어간 알코올이 분해되지 않은 게 분명했다.

"전 유영을 찾고 있습니다. 혹시 아십니까?"

"유영이? 일단 앉아 봐. 내가 애들한테 물어볼게."

이번엔 내 양어깨를 감싸 안더니 강하게 내리눌렀다. 허락을 구하지 않고 내 몸에 위력을 가한 셈이다. 진정 초대의 행위가 맞 나? 디든 콰렐에게 확인해야 할 사안이다.

디든 콰렐은 섬에서 좀 떨어진 소행성 무리에 섞여 있었다. 내 질문은 대략 14분 뒤에 디든 콰렐에게 도착할 테니 답변은 28분 뒤에나 확인 가능할 것이다. 시간차를 극복하는 방법은 기다림 뿐. 나는 직립 자세를 유지하면서 디든 콰렐의 답변을 기다렸다.

"야, 보여? 얘 꿈쩍도 안 해!"

"헌우 너 이 자식, 혼자 못 쓰러뜨리냐?"

무리는 한꺼번에 폭발적인 파열음을 내며 흥분했다. 입은 헤 벌어지고 얼굴은 괴상하게 일그러뜨린 채 온몸을 들썩이며 의미 없는 소리를 냈다. 우하하하, 크하하, 니미, 존나, 크흐흐. 무리들 이 하나둘 일어나 내 주위로 모여들었다.

"어우 야, 여기서 뭐 해? 한참 찾았잖아!"

어디선가 다가온 새로운 인간 개체가 내 왼손을 조심스레 잡았다. 성장 중인 암컷. 몸집은 나보다 작은데 손은 나보다 컸다. 거칠고 메마르고 억센 손이다. 암컷은 빠르게 말을 이었다.

"애들 저쪽에서 기다리고 있어. 얼른 가자."

암컷이 자기 쪽으로 날 잡아당겼다. 표정에서 걱정이, 행동에서 다급함이 느껴졌다. 수컷 무리의 초대를 거절하고 자기의 초대에 응하라는 건가? 암컷은 재차 내 팔을 잡아끌며 이동하고자 했다.

그런데 '헌우 너 이 자식'이 다가와 암컷에게 얼굴을 바짝 들이대며 진로를 방해했다. 암컷의 몸이 뻣뻣해졌다. 호흡이 가빠지고 동공도 확장되었다. 위험을 감지한 것이다. 나 역시 그렇게 느꼈다. 나는 수컷 무리가 내게 처음 접근했을 때부터 하고 싶었던 말을 했다.

"헌우 너 이 자식은 물러서라. 경고한다, 무리를 끌고 돌아가라."

"뭐래냐, 이 고스 걸은. 너는 말투가 왜 그 모양인가?"

헌우 너 이 자식이 자신의 어깨로 내 어깨를 밀어젖혔다. 해보자는 거군.

"그대가 시작한 전쟁이다."

난 8켈라 크기의 아공간을 열고 신속하게 헌우 너 이 자식을 밀어 넣었다. 몸부림을 치는 바람에 닫을 때 헌우 너 이 자식의 좌측 하지 일부가 분리되었다. 다시 열어 넣어 줄까 하다가 관뒀다. 145시간만 지나면 출구가 열릴 테니 무리들이 알아서 챙겨 주겠지.

헌우 너 이 자식의 무리가 괴성을 지르며 우왕좌왕하는 사이, 암컷이 나를 끌고 뛰었다. 공터를 빠져나왔지만 계속 뛰었다. 숨이 가쁘고 심장이 터질 것 같았다. 인간은 왜 이렇게 고통스러운 방법으로 이동하며 살까.

엉에선 시공 이동법이 하나뿐이다. 힘이 작동하는 방향으로 이웃한 점을 반드시, 모조리, 순차적으로 거쳐야만 한다. 계단으로 가든 엘리베이터로 가든 1층 다음에 2층, 2층 다음에 3층, 그다음에 4층, 5층 이런 식으로만 이동할 수 있다. 엉의 최상위 포식자이자 고등 지적 생명체인 인간도 이동 수단으로 속도만 빠르게 할 뿐, 공간을 접거나 한쪽에 모아 두지 못한다. 사는 게 얼마나 고될까. 그래서 엉에는 말도 많고 탈도 많은가 보다.

그 공터에서 꽤 멀리 이동했다. 암컷은 숨이 넘어갈 듯 헉헉거리며 멈췄다.

"으아! 그 양아치, 어떻게 한 거예요?"

"별거 안 했습니다. 그저 깊은 바닥에 누워 있게 한 겁니다."

"그죠, 사라진 게 아니라 그쪽이 한방에 쓰러뜨린 거죠? 너무 후딱 쓰러져서 내가 못 본 거죠?"

"음…… 아주 틀린 표현은 아닙니다. 근데, 양아치는 무슨 종인가요?"

"아니, 딱 봐도 양아치들인데 무슨 종이라뇨, 첨부터 아예 상대를 말아야죠. 왜 빌미를 줘요?"

"이해가 되질 않습니다. 난 그저 그곳에 있었을 뿐입니다. 나의 어떤 행동이 그들에게 빌미가 된 겁니까? 혹시 이곳에선 홀로 있는 것이 나에게 폭력을 행사해도 된다는 허락입니까?"

"아, 아니에요. 미안해요, 그쪽 잘못이 아니죠. 너무 위험한 상황이라 놀라서 그랬어요."

"그렇게나 위험한 상황이었습니까? 이런, 싹 다 집어 처넣을 걸 그랬군요. 일단 유영부터 찾고 정리하러 가겠습니다."

"유영?"

"네, 유영. 혹시 아십니까?"

"……내가 유영인데?"

아, 아드 롱센 권역을 벗어나 두 개의 초은하단과 세 개의 은하군을 건너 이 외딴 오지 행성에서 결국 찾아낸 것인가! 심장 언저리가 뻐근해지며 들뜬 상태가 되었다. 눈앞에 보이는 유영이 이 행성의 200만 개 유영 중 내가 찾는 그 유영일까. 마침 디든 콰렐에게서 연락이 왔다.

— 넌 머리라는 것이 있잖니, 의도를 파악해라. 그 상황에서 네 신체에 완력을 가했으면 폭력이지 친절한 초대겠냐! 그 인간, 당장 나한테 보내라. 참고로 상호 협의하에 신체를 접촉하는 건 인간의 사회적 인사다. 서로에게 호의를 품은 암수 한 쌍이 신체를 접촉하고 타액과 체액을 교환하는 건 번식 행위고. 그게 그렇게 좋다니까 꼭 한번 경험해 보도록.

— 그 수컷은 이미 좋은 곳으로 보냈다. 그리고 큰일 났다, 유영을 찾았어! 성장 중인 인간 암컷이야. 이제 어쩌지?

또 28분이 지나야 대답을 듣겠군. 그냥 쬐그만 공간 하나 뚫고 다녀올까. 애써 들뜬 상태를 안정시키는데 유영이 갑자기 양 손바닥을 짝, 소리 나게 맞부딪치며 말했다.

"아! '유영이랑 흙놀이' 채널 구독자세요?"

모르면 웃으라는 말을 들은 바 있어 작게 웃었다. 28분은 언제 지날까. 일단 한 번 더 확인했다.

"그쪽이 유영, 확실합니까?"

"네, 유영이랑 흙놀이 채널 운영자 유영이에요. 아휴, 오늘 집합

장소는 아까 그 공원 편의점이었는데 왜 다른 데 있었어요? 그냥 갔으면 못 만날 뻔. 이름이 뭐예요?"

"나는…… 나라는 존재는 히니긴…… 마요린, 그냥 마요린이라고 부르십시오."

"어? 그런 이름은 도에 체험 신청자 명단에 없는데. 신청 안 하고 오셨어요?"

"아…… 그것은 제가 매우 멀리서 급하게 왔기 때문입니다. 지금 신청하면 안 됩니까?"

"됩니다, 되고말고요! 헤헤, 오늘 도에 체험 첫 번째 정모인데 아무도 안 와서 공치는 줄 알았거든요. 요린 님이 와서 완전 다행! 요린 님 어디서 왔어요? 학교는 어디? 중학생은 아니죠?"

이런, 질문이 한꺼번에 쏟아졌다. 날 보는 유영의 눈이 반짝반짝하다. 이렇듯 빛나는 존재에게 거짓을 말할 순 없다.

"오긴 우주에서 왔고 그, 학교, 학교는……."

"혹시, 안 다녀요?"

모르겠다! 또 소리 내지 않고 웃었다. 유영은 또 한 번 양 손바닥을 맞부딪쳐 소리를 내더니 환성을 질렀다.

"진짜? 용감하고, 멋지고, 완전 끝내준다! 난 열여덟. 요린 님은 몇 살이에요? 나보단 어려 보이는데."

"네……에. 그렇습니다."

거짓은 아니다. 난 이 모습으로 생을 산 지 겨우 30분이 되었으니까. 유영의 눈이 더욱 반짝거렸다.

"그래, 그래 보였어. 나 말 편하게 한다. 이제 언니랑 공방 갈까?"

낡은 건물 앞. 유영은 '공방 흙놀이'라고 쓰인 문을 열었다. 차라라랑, 문 위쪽에서 흙을 구워 만든 길쭉한 막대기들이 부딪혔다. 700헤르츠부터 970헤르츠 사이의 소리. 심장을 중심으로 반경 7센티미터 부근까지 미약하게 떨렸다. 살짝 들뜬 상태가 되었지만, 좋다. 이런 종류의 자극은 언제든지 환영이다. 그런데 건물 안쪽 공간은 젖은 흙냄새와 차가운 흙탕물과 따가운 흙먼지가 지배하고 있었다. 게다가 바닥엔 용도를 알 수 없는 집기가 많아 발 딛고 설 자리도 부족했다.

"아쭈, 우리 유영이 벌써 오셨어요?"

"어라, 선생님 여태 안 가셨어요?"

"너 유튜브 이벤트인가 뭐시기 한대서 도와줄 거 있나 보고 가려고 했다가 진짜 늦었으니 너는 나를 책임져라."

"앗, 선생님. 사랑합니다! 요린아, 우리 공방 선생님이셔."

선생님은 성체 암컷으로 키도 크고 손도 큰 것이 몸이 매우 단단하고 억세 보였다. 내뿜는 에너지가 보통이 아니다. 하긴 이런 혼돈 상태를 유지하는 게 쉬운 일은 아닐 것이다. 선생님은 나를 가리키며 구독자냐고 물었고, 유영은 그렇다며 내 옆구리를 쿡 찔렀다. 구독자란 불시에 옆구리를 찌르는 관계인가? 내가 당황하자 선생님은 엄청난 소리를 내며 웃었다.

"우리 구독자님, 한 아트 하겠는걸! 스타일 진짜 멋져요. 흙놀이보다는 바느질놀이를 해야 하는 거 아닌가?"

"일단 유영을 따라왔습니다."

"유영이가 애들 다 버리는구나. 의상에 관심 있으면 말해요. 내 친구 중에 스타일리스트 있거든. 놀다 가요."

선생님은 밝은 목소리로 인사하곤 떠났다.

거대한 에너지를 뿜던 이가 사라지니 공방의 혼돈을 찬찬히 살필 여유가 생겼다. 공방의 벽은 일정한 간격으로 층층이 나뉘어 있는데 각 칸은 용도를 추측하기 어려운 자그마한 물건으로 빼곡했다.

"마요린, 거기 선반에 있는 컵이랑 미니어처는 전부 수강생들 작품이야. 만지지 말고 눈으로만 봐."

"수강생?"

"응. 우리 선생님 수강생들. 유치원 애기부터 동네 어르신까지 다양해. 흙놀이 채널 영상에 얼핏 나오는 거, 그거야."

도대체 어떤 채널에 무슨 영상을 말하는 걸까. 질문거리만 쌓인다. 아까 디든 콰렐에게 보낸 질문에 대한 답도 아직 안 왔다. 쉥의 시공은 정말 적응하기 힘들다. 디든 콰렐, '유영이랑 흙놀이' 채널과 영상 정보 좀 보내 줘.

내가 가만히 서 있자 유영이 피식 웃으며 말했다.

"나 청소할 동안 달 구경할래? 저쪽 커튼 열면 있어. 너무 가까이 가진 말고."

이 작은 직육면체 공간에 달이라니? 아하, 창문으로 바깥에 있는 쉥의 자연 위성을 보란 말이군. 그런 천체는 쉥에 건너오면서 질리도록 봤다. 차라리 유영을 관찰하며 유영의 촉감에 대한 단서를 찾는 편이 낫다.

유영은 몸의 크기에 비해 머리에서 난 체모가 길었다. 우주의 어둠만큼 어두운 색. 눈 위에 달린 짧은 체모도 어둡고 짙다. 눈동자 역시 깊은 어둠의 색이다. 쉥젠에게도 빛이 생기기 이전의 우주가 스며 있는 걸까. 유영은 공간 정리를 시작하면서 긴 체모를 묶어 정수리에 고정시켰다. 움직임이 효율적으로 조정되었다.

유영의 몸은 하체가 짧고 몸의 중심부와 하지가 두툼하다. 직립보행에 매우 적합한 형태이다. 머리를 떠받치는 목도 짤막하니 안정적이다. 목이 머리만큼 굵다면 더 좋았을 텐데. 그래도 저 정도의 신체라면 노쇠하여도 가능한 한 오래 직립보행을 할 수 있으리라. 특히 저 크고 두툼한 손은 생의 마지막까지 그 역할을

충실하게 해낼 것이다.

"뭘 그렇게 빤히 봐, 사람 민망하게. 달 구경 안 해?"

"아, 그게, 같이, 같이 보면 더 좋을 것 같습니다."

유영은 눈을 찡긋거리며 다가와 커튼을 열었다.

난 뇌에 들어온 시각 정보를 의심했다.

백색의 속 빈 덩어리, 조금 이지러지고 기우뚱하지만 구球에 가까운 형태. 입구와 출구가 같아서 들어간 곳으로만 나올 수 있는 공간. 맙소사…… 아공간! 내 아공간이자 선대들의 아공간 형태다.

유영은 활짝 웃으며 말했다.

"달 항아리. 우리 선생님 작품이야. 끝내주지?"

때마침 디든 콰렐에게서 답이 왔다.

— 히니긴 엔덴 마요린, 유영을 찾아 준 내 유능함을 찬미하거라. 이제 유영과 접촉해서 유영의 촉감을 알아내면 되는 거 아니냐, 이 멍청아!

— 디든 콰렐, 대충 뭉뚱그리지 말고 구체적인 정보를 제공해라. 그냥 막 접촉하면 폭력이라며. 방법을 제대로 알려 줘야지. 나는 유영과 함께 공방이라는 공간에 있다. 여기에 달 항아리란 물체가

있는데 형태가 내 아공간과 똑같아. 어떻게 이럴 수가 있지?

    나는 달 항아리에서 눈을 떼지 못했다. 유영도 그랬다.
    "엄청 크지? 높이는 54센티, 둘레가 55센티야. 기다려 봐, 더 끝내주는 거 보여 줄게."
    천장에 달린 납작한 기계를 작동시키자 달 항아리로 빛이 쏟아졌다. 색색의 빛은 마치 광막한 어둠 속에서 고요히 빛나다 소멸하는 천체처럼 아름다웠다. 그 찬란한 빛이 달 항아리의 둥근 표면을 따라 흘러내렸다. 내 아공간도 빛이 표면을 따라 흐른다. 어찌 이렇게까지 비슷할 수가 있을까.
    펄떡펄떡, 심장이 세차게 뛴다. 핏줄이, 근육이 팽팽해진다. 온몸이 격한 들뜬 상태가 되었다.
    유영이 말했다.
    "좋아서 환장하겠지?"
    "네?"
    "표정이 딱 그래. 아주 그냥 좋아서 속이 다 울렁거리고 심장이 입으로 튀어나올 것 같고 머리 뚜껑이 확 열린 것 같지 않아?"
    "정확합니다! 혹시 유영도 그러합니까?"
    "그럼! 그러니까 내가 여기서 흙 만지고 있지. 언젠가는 나도 달 항아리 작가가 될 거야."

"달 항아리는 어떻게 만듭니까?"

"먼저 윗발, 아랫발이라고 큰 사발 두 개를 만들어. 적당히 마르면 윗발과 아랫발의 입을 맞붙이는 거야. 요기가 이어 붙인 자리지. 그다음에 초벌구이, 유약 바르기, 재벌구이를 하지."

달 항아리의 가장 불룩한 부분에는 섬세하게 이어 붙인 흔적이 있었다. 본디 둘이었던 열린 공간을 연결해 하나의 반 닫힌 공간으로 만든 거다. 놀라운 공간 성형술이다. 달 항아리를 만들면 유영의 촉감을 찾을 수 있을지도 모른다.

"전 지금 달 항아리를 만들어 보고 싶습니다!"

"푸핫, 안 됩니다! 저건 아주 오랜 시간을 들여 훈련해야 만들 수 있는 거야. 난 흉내도 못 내. 대신 항아리는 만들 수 있어. 그걸로 도예 체험 할래?"

"항아리요?"

"응, 항아리. 작지만 달 항아리랑 비슷하게 만들 수 있어. 어때?"

"아…… 네, 그럼 그것으로 부탁드립니다."

유영은 길쭉한 흙덩어리를 가져왔다. 축축하고 무거운 덩어리. 저것에서 유영의 촉감을 느낄 수 있을까? 유영은 흙덩이를 판판한 널빤지에 내려놓고 양 손바닥으로 힘껏 누르며 말했다.

"흙에서 기포를 빼고 밀도를 높여 줘야 해. 안 그러면 물레 성형이 제대로 안 되거든. 어찌저찌 그릇 모양을 잡아도 가마에서 다 터져."

유영은 흙덩이를 들더니 널빤지에 힘껏 내던졌다. 한 번, 두 번, 세 번. 넙적해진 흙을 둥그렇게 그러모아 체중을 실어 꾹꾹 눌렀다.

"이게 꼬막밀기야. 최소 백 번은 해야 돼. 이제 네가 해 봐."

흙덩이를 잡자 두근두근, 또 들뜬 상태가 되었다. 유영이 가르쳐 준 대로 움직였다. 축축하고 묵직한 흙의 촉감이 좋았지만 유영의 촉감은 아니었다. 꼬막밀기가 끝난 흙덩이는 둥글둥글한 원뿔 모양이 되었다.

유영은 흙덩이를 둥그런 금속판에 붙이고 말했다.

"이제 물레차기! 이건 전기물레야. 흙물 튀니까 좀 떨어져서 봐."

유영은 숨을 가다듬었다. 위이이이잉, 금속판이 빠르게 회전했다. 흙에 충분히 물을 묻히고 나서 품어 안듯 양손으로 잡았다. 흙덩이는 천천히 위로 솟아올라 원기둥이 되었다.

"이게 중심잡기야. 힘의 균형이 중요하지. 물레가 도는 속도랑 손의 힘이 잘 맞아야 해."

유영의 손길에 맞춰 흙덩이는 길쭉한 원기둥이 되었다가 주저 앉기를 반복했다. 혹시 저 상태의 흙을 주무르는 감촉이 유영의 촉감일까?

"나에게도 기회를 주십시오."

"진짜 할 수 있겠어? 이거 보기보단 어렵다."

"유영이 도와주면 할 수 있습니다."

난 유영이 앉았던 물레 앞에 앉았다. 유영은 다른 의자를 가져와 내 옆에 바짝 붙어 앉았다.

"마요린, 넌 나보다 두 뼘은 더 크면서 어째 앉은키가 나보다 작냐, 기분 나쁘게."

"기분 나쁘게 해 드려서 죄송합니다. 그러나 인간의 직립보행에는 유영의 몸이 더 적합합니다. 보다 안전하고 건강한 상태로 노쇠할 수 있을 겁니다."

"크히힛, 진짜 적응하기 버겁다! 요린아, 넌 말투가 왜 그 모양이니?"

"말투에도 모양이 있습니까? 그건 몰랐습니다."

"으잉? 너 어디 외국에서 살다 왔어?"

"따지고 보면 그렇습니다."

"오오, 그렇구나. 어쩐지 고스 스타일이 너무 잘 어울린다 했어. 어디에서 살았어? 영국? 아이슬란드?"

"말해도 모를 겁니다. 워낙 멀리 있거든요."

"뭐야, 어딘데? 설마 안드로메다?"

"안드로메다요? 그만큼만 멀어도 좋겠습니다."

유영은 얼굴이 시뻘게지더니 숨을 제대로 못 쉬며 꺽꺽 소리를 냈다. 발을 동동 구르고, 몸을 마구 비틀었다. 저 정도로 호흡이 곤란하면 위기 상황 아닌가? 스스로도 웃겨 죽겠다고 하고. 한데 그런 유영을 보다 보니 내 입에서도 '푸하하' 같은 소리가 연속적으로 터져 나오며 숨이 가빠 왔다. 유영이 우리 제발 그만 웃자고 했지만 멈춰지질 않았다. 호흡곤란 때문에 몸부림을 치면서도 유쾌하다니, 놀라운 경험이다.

간신히 호흡을 가다듬고 흙덩이에 집중했다. 위이이이이잉, 금속 회전판이 빠르게 돌았다. 유영이 했던 대로 왼손을 바깥쪽에 두고 오른손을 안쪽에 대어 살짝 밀어 올리듯 힘을 주며느아아아악, 퍼억!

원기둥이 되다 만 흙덩이가 두 동강 나면서 내 얼굴을 후려쳤다. 눈물이 찔끔 날 정도로 아팠다. 차갑고 미끄덩거리는 흙물이 뺨과 턱에서 줄줄 흘렀다. 유영은 나를 보곤 목청껏 소리 내어 웃었다. 내 귀에 바짝 붙어서 웃는 바람에 고막이 찢기는 줄 알았다.

"요린아, 괜찮아? 엄청 아프겠다."

"걱정해 주는 겁니까? 매우 즐거워 보입니다만."

"거울 보면 너도 즐거워질 거야."

유영은 킬킬대며 거울을 가져다줬다. 거울 속 나를 보니 나도 웃음이 터져 나왔다. 숨이 가쁘고 배가 당겼지만 도저히 그칠 수가 없었다. 너무 웃어서 눈물이 다 났다.

다시 새 흙덩이를 올리고 물레를 돌렸다. 아공간을 만들 때처럼 집중했다. 왼손은 바깥쪽, 오른손은 안쪽. 양손에 비슷한 크기의 힘을 가하자 흙덩이가 원기둥 모양으로 올라갔다!

유영이 꺅, 꺅 소리를 질렀다. 나도 같은 소리를 냈다. 그런 소리를 내게 하는 기분이었다. 유영은 내 양손 엄지를 잡아 원기둥 윗면 한가운데에 두었다.

"엄지에만 힘을 주고 지그시 눌러 봐. 그럼 움푹한 공간이 만들어져."

호흡을 가다듬고 유영의 지시대로 했다. 흙이 밀려나면서 움푹한 공간이 생기더니 이내 원반에 가까운 형태가 되었다. 유영이 환호했다.

"정말 잘했어! 이번엔 항아리야. 다시 원기둥 만들어 봐. 좋아, 이제 집중해. 일, 왼손바닥으로 기둥을 지탱한다. 이, 오른팔을 회전판에 수직으로 든다. 삼, 오른손은 주먹을 쥐고 검지 두 번째 마디가 튀어나오게 만들어서 그대로 바닥까지 돌진!"

검지 두 번째 마디에 닿은 흙이 주변으로 밀려나 원기둥 속으로 팔뚝 중간까지 들어갔다. 아공간을 열 때 힘을 이용하는 방식과 놀라울 정도로 유사했다. 흙이 닿는 촉감도 아공간의 안쪽 촉감과 비슷했다. 하지만 이것이 유영의 촉감은…… 아니다. 유영의 촉감은 훨씬 더 부드럽고 따스하고 강력했다.

"요린아, 아주 잘했어. 내가 마무리할게."

속이 빈 원기둥은 유영의 손길이 닿자 작은 달 항아리가 되었다. 유영은 가느다란 철끈으로 항아리 밑동을 잘라 회전판에서 분리했다. 물레 주변을 정리하면서 연신 너 진짜 잘한다, 계속 여기 나와라, 같이 도예 하자고 말했다.

"요린아, 나 궁금한 거 있는데. 물어봐도 돼?"

"네, 됩니다."

"학교 말야, 안 다니면 불안하지 않니?"

"저의 경우엔 존재의 시작 순간부터 지금까지 매 순간 불안했습니다. 사실상 더 나빠질 것이 없는 신세입니다. 최악이지요."

"아…… 미안해. 너 힘들게 하려고 한 얘기는 아니었어. 난 그냥 네가 씩씩해 보여서. 있잖아 나, 1학년 때 자퇴하고 싶었어. 마이스터고에 다니는데 공부가 나랑 너무 안 맞는 거야. 컴퓨터가 나랑 그렇게 안 맞을 줄 몰랐다니까. 너는 전교 꼴등 해 본 적 있니? 난 두 번 해 봤어. 학교 다니는 것도 무섭고 안 다니는 것도 무섭고 그냥 다 무섭더라. 어떻게 살아야 할지 하나도 모르겠는 거야."

유영은 말을 멈추고 지그시 바닥을 내려다봤다. 문득 막막한 우주를 헤매던 숱한 시간이 떠올랐다. 유영도 나처럼 자기가 부끄럽고 미웠던 걸까. 살아갈 이 세계가 두렵고 순간순간이 고달팠을까. 유영은 나를 보고 빙그레 웃으며 말했다.

"날마다 무작정 여기저기 돌아다녔어. 이 공방도 오가다가 본 거야. 알바 구한다고 하길래 들어왔다가 도예를 시작했지. 흙을 만지니까 좀 살겠더라고. 공부는 여전히 못하고 학교 싫은 건 똑같지만 말야. 흙은 사람을 씩씩하고 넉넉하게 만드는 것 같아. 우리도 봐, 만나자마자 금방 친구 됐잖아."

"친구요?"

"엉, 같이 흙장난했으니까 친구지. 서로 아껴 주면서 기쁜 일도 어려운 일도 함께하고, 같이 놀고, 맛있는 거 나눠 먹고. 요린아, 배고프지? 우리 컵라면 먹자!"

유영은 '매운해물맛 크림까르보 컵라면'을 가져와 펄펄 끓는 물을 부었다. 오묘하고 다양한 냄새가 공방을 꽉 채웠다. 입안에 침이 가득 고여 흐를 지경이었다. 먹으려 했지만 유영은 4분 더 기다리라고 엄숙히 일렀다. 그것이 규칙이라고 했다. 도대체 4분을 어떻게 기다리란 말인가! 그런 잔혹한 규칙을 지킬 필요가 있냐며 따졌지만 유영은 단호했다. 지킬 만한 가치가 있는 규칙이라고. 그리고…… 과연 그러했다! 처음엔 혀 맛봉오리 전체가 불붙은 듯 뜨겁더니 뒤이어 깊은 부드러움이 입안을 어루만져 황홀했다.

유영은 배가 불러 터질 것 같다며 자신의 배를 어루만졌다. 나는 유영의 배가 불룩하긴 하나 터질 정도는 아니니 안심하라고 했다. 내 말끝에 유영은 또 끄하핫 소리를 내며 웃었다. 나도 덩달아 웃었다. 가슴 언저리가 따뜻해지고 밝아지는 듯했다. 유영은 나에게 그렇게 웃으니 꼭 강아지 같다며 주먹을 내밀었다. 주먹?

"요린아, 너도 주먹 내밀어야지. 주먹 인사, 몰라?"

"이……렇게요?"

"아앗! 야, 살살, 살살! 인사라고 인사."

"죄송합니다. 다시 하겠습니다. 이렇게 하면 됩니까?"

내 주먹이 유영의 주먹에 살짝 닿자 유영이 주먹을 활짝 펼쳤다. 손바닥엔 작은 직육면체가 두 개 있었다.

"짠, 디저트는 초콜릿!"

내가 다 움켜쥐자 유영은 정색을 하며 "초콜릿은 한 개만."이라고 했다. 유영은 초콜릿을 오독오독 씹었다. 나도 초콜릿을 입에 넣었다. 순간, 정신이 아득해지면서 몸과 분리될 뻔했다! 내 심장과 정신 사이에 작고 여린 무언가가 방울방울 생겼기 때문이다. 유영의 촉감과 너무도 흡사했다. 하지만 너무 빨리 사라졌다.

유영은 내 얼굴을 보더니 알았다고, 하나 더 먹으라며 주머니에서 초콜릿을 한 개 더 꺼내 주었다. 허나 이번 초콜릿은 유영의 촉감과 관계가 없었다. 초콜릿 말고 다른 변수는 뭐였지?

"요린아, 빨리 청소하고 가자. 언니가 차 타는 데까지 바래다줄
게. 우리 친구 아이가."

유영은 더러운 천 뭉치가 달린 기다란 봉을 내 손에 쥐어 주며
씩 웃었다. 친구…… 친구?

"잠깐만요!"

"응?"

"그러니까, 우리 친구 맞지요?"

"그래, 이 친구야. 우린 아까부터 친구였잖니."

"그, 그, 주먹 인사를 다시 해 보고 싶습니다."

난 주먹을 내밀었다. 친구 유영도 주먹을 내밀었다. 꽉 쥔 주
먹이 닿자 친구의 주먹이 뒤로 물러나며 부드럽게 퍼졌다. 손가
락이 춤을 추듯 파르르 떨렸다. 손가락 사이로 빛이 흩뿌려지는
것 같았다.

같이 하자, 친구는 다시 주먹을 내밀었다.

어둡고 텅 빈 우주를 건너온 내 주먹이 친구에게 닿는 순간,
가슴 어딘가가 톡, 열렸다. 방울방울한 것이 걷잡을 수 없이 생겨
나더니 거세게 솟구쳐 흘러내렸다.

요린아, 왜 울어, 괜찮아? 친구는 한동안 말없이 있다가 슬며
시 내 손을 잡았다. 요린이 네가 우니까 나도 눈물 나잖아. 방울

방울 떨어지는 친구의 눈물은 무한히 다정했다. 그 다정함은 모든 공간과 아공간 사이를 넘나들 수 있는 끈이었다.

친구는 살포시 날 안았다. 나 자신과 단절되었을 때, 내가 나를 안지 못할 때, 나를 안아 주는 존재, 친구. 토닥토닥, 친구가 내 어깨를 다독였다. 요린아, 많이 힘들었나 봐. 오늘은 실컷 울어, 알았지? 친구의 다정한 속삭임이 온 우주에 퍼져 나갔다.

난 눈을 감은 채 부드럽고 따스한 유영의 촉감을 느꼈다.

눈을 떴을 땐 디든 콰렐 안이었다.

— 히니긴 엔덴 마요린, 돌아온 거냐! 드디어 찾은 거야? 유영의 촉감을 알아냈어?

난 말없이 웃었다.

궁금증을 참지 못한 디든 콰렐이 셩으로 뛰어들려는 걸 겨우 막았다. 디든 콰렐의 신랄한 투덜거림을 들으니 참 좋았다. 이 수다 덕분에 나는 우주의 광막함을 견딜 수 있었고 단절의 외로움을 접어 둘 수 있었던 거다.

유영은 서로 아껴 주면서 기쁜 일도 어려운 일도 함께하고, 같이 놀고, 맛있는 걸 나눠 먹는 사이가 친구라고 했다. 그렇다면 디든 콰렐도 내 친구이다. 어쩌면 디든 콰렐에게서도 유영의 촉감을 느낄지 모른다. 디든 콰렐도 내게서 그걸 느낄 수 있을 거고. 그래, 그럴 수 있을 거다.

선대가 옳았다.

말이나 문자로는 설명할 수 없다.

나 역시 문자화된 기억을 남기지 않을 것이다.

스물한 번째 나 역시 유영의 촉감을 기억하기를.

광막한 우주에서도

'기억하는 한, 언제나 함께.'

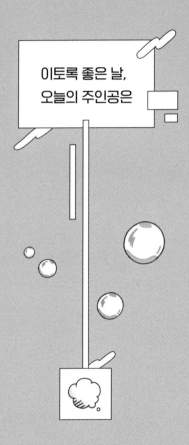

오늘의 주인공 #1 강춘희

콧구멍이 간질간질, 춘희 씨는 맑은 공기를 느꼈다. 신선한 바람이 몸의 깊숙한 곳에 차곡차곡 쌓이는 듯했다. 숨쉬기가 편하니 머릿속이 개운했다. 눈을 감고 있어도 밝은 빛이 느껴졌다. 찌르는 듯 쨍한 전등 빛이 아니라 따사롭고 보드라운 햇살인 듯했다. 뻣뻣하고 무거워 좀처럼 뜰 수 없었던 눈꺼풀이 부드럽게 올라갔다.

"어머, 일어나셨어요?"

아는 목소리인데.

크림색 티셔츠를 입고 머리카락을 단정하게 말아 올린 중년 여자가 활짝 웃었다. 내가 이 사람을 어디서 봤더라……?

"좀 앉아 계시는 게 좋겠어요. 침대 조금만 올릴게요."

여자가 리모컨을 누르자 침대가 우웅 소리를 내며 천천히 움직였다. 춘희 씨가 손가락 하나 까딱하지 않아도 허리가 곧게 세워지고 목덜미와 양어깨가 이완되었다. 오금팽이가 받쳐져 다리도 편안했다.

편안하……다? 춘희 씨는 자기 몸이 달라진 걸 느꼈다. 곧 터질 풍선처럼 퉁퉁 부어 있던 발이 예전처럼 작고 뽀얘졌다. 천근보다 무거웠던 손가락도 조금씩 움직일 수 있었다. 칼로 에는 듯 아팠던 양어깨도, 짓뭉개지는 듯 쑤셨던 허리도 개운했다. 쩍쩍 갈라지던 혓바닥도, 깔깔했던 목구멍도 촉촉하고 걸리는 것이 없어 침을 삼켜도 아프지 않았다. 무엇보다도 정신이, 머릿속이 상쾌했다. 눈까지 맑았다. 뿌옇고 일렁거려서 제대로 보이는 게 없었는데 이젠 선명하게 보였다. 연노란색 벽지, 하얀 천장, 자그마한 방에 더 작은 서랍장과 침대 하나. 춘희 씨는 끔벅이며 방을 둘러봤다.

중년 여자는 꼼꼼하게 춘희 씨의 자세를 살피며 말했다.

"춘희 어르신, 어디 불편한 데 있으셔요?"

"아……니. 괜않네."

춘희 씨는 자기 목소리를 듣고 깜짝 놀랐다. 내가 말을 했어? 쉰 소리가 나긴 했지만 또박또박, 말다운 말이 나왔다. 하고 싶은 말이 이리도 쉽고 자연스럽게 나오다니!

"유 선생, 나 죽었는가?"

유…… 선생? 맞아, 이 사람 유 선생이야. 흐릿했던 기억이 점점 또렷해졌다. 체격 좋고 기운 넘치는 유 선생, 다정하게 알뜰살뜰 모자람 없이 보살펴 주는, 굶어 죽을 작정으로 밥을 밀어 내도 사람을 달달 볶고 구워삶아 어떻게든 한술 뜨게 만드는 유 선생.

춘희 씨가 알아보자 유 선생의 눈시울이 빨개졌다.

"아이고, 춘희 어르신! 이제 살아났네, 살아났어. 어르신 건강이 많이 좋아졌어요. 그래서 집으로 모셔 간다고 따님이 오고 있어요."

"누가…… 와?"

"하루 이틀 더 있다가 가시지 그래, 미국 딸 온다고 뒤도 안 돌아보고 가신대요. 이제 진짜 아픈 데 없죠? 좀 움직여 보세요."

춘희 씨는 설마 하며 팔을 움직였다. 조금씩, 아주 천천히 오른 팔이 올라갔다. 바들바들 떨리긴 해도 가슴께까지 올라왔다. 내친김에 왼팔도 들어 봤다. 고개도 까딱까딱 움직여 봤다. 발가락도 꼼지락거려 봤다. 춘희 씨가 움직거리는 걸 본 유 선생은 손등으로 눈물을 훔쳐 냈다. 부서질 듯 여위고 메마른 춘희 씨는 작게 미소 지었다.

"고맙네, 유 선생."

"여기가 어딘지는 아세요?"

"어디긴 어디여, 내 방이지. 106호."

"진짜 춘희 어르신 집에 가셔도 되겠네."

유 선생이 함빡 웃었다.

춘희 씨는 숨을 길고 깊게 내쉬었다가 한껏 들이마셨다. 다시 숨을 내쉬었다. 앙상한 가슴팍이 오르락내리락했다. 숨쉬기가 이렇게 쉬운 거였구나.

"나가 이걸 못 해서 죽을 뻔했는디. 한숨 푹 잤더니 다시 살아났구먼. 유 선생, 나 물 한 잔 주겠는가?"

유 선생은 빨대가 꽂힌 작은 물병을 건넸다. 춘희 씨는 빨대를 입에 물고 쭈욱, 물을 들이켰다. 꿀렁, 꾸울렁. 시원한 물줄기가 목구멍을 타고 내려갔다.

"물맛 참 좋으네."

"어르신, 참말로 좋아 보여요."

"그란디 와 테레비에 내가 나와?"

춘희 씨가 침대 발치에 있는 모니터를 가리켰다. 모니터에는 침대에 누운 춘희 씨를 중심으로 방 안이 다 나왔다. 유 선생이 춘희 씨의 손을 살짝 잡아 흔들었다. 모니터 속 춘희 씨도 같이 손을 흔들었다.

"저거 따님이 미국에서 보냈잖아요. 어르신이 좋아하셔서 잘 보이는 데다 놨죠."

"우리 은미가?"

그때 병실 문이 스르륵 열렸다.

"엄마, 엄마!"

은미! 화려한 꽃무늬 원피스를 입은 은미가 들어왔다. 춘희 씨는 눈이 동그래져 은미를 바라봤다.

"아이고, 내 새끼! 은미야……."

"엄마, 늦게 와서 미안해. 내가 정말 빨리 오려고 했는데……."

"바쁜 사람이 여길 와야. 가게는 우짜고."

"나 사장님이잖아, 직원들한테 맡기고 왔지."

"야야, 빨리 가라. 가게에 주인이 있어야제, 부리는 사람만 있으면 몬써. 주인 없으면 종업원들이 일들 하간?"

"아휴! 엄만, 별걱정을 다 하셔. 미국 가게는 미국 사장 뽑아 놓고 왔어. 나 이제 한국에서 엄마랑 살 거야."

춘희 씨의 눈동자가 커지더니 이내 물이 맺혔다.

"……아들은, 아들은 우짜고?"

"우리 애들 다 컸지. 이제 애들 아니고 어른들이야. 지들끼리 잘 살아."

"……진짜여? 진짜로 에미랑 살려고 왔어? 에미 집에 데리고 갈라고?"

"응, 나 아주 왔어. 엄마랑 살려고."

춘희 씨는 아이처럼 히이잉, 소리 내어 울었다. 오랜 시간 참고 참으며 속으로 삭였던 눈물 콧물이 흘렀다. 은미가 티슈를 뽑아 춘희 씨의 눈물을 닦아 주고 코를 풀어 줬다.

춘희 씨는 딸의 어깨에 기대어 울며 웃었다. 난 이제 됐다, 이제 너 봤으니, 너가 왔으니 이제 다 된 거여. 춘희 씨가 같은 말을 몇 번이고 되풀이했다.

딸이 없는 사이, 딸을 대신해 춘희 씨를 지켰던 유 선생은 조용히 자리를 떴다.

의사 한 명과 간호사 두 명이 카트를 끌고 들어왔다. 오십 대 중반쯤 된, 단정하게 생긴 의사가 춘희 씨에게 살갑게 인사했다.

"강춘희 어르신, 이제 이 영양제 하나만 맞으시면 됩니다. 다 맞으면 집에 가시는 거예요."

"……나 걍 가면 쓰겄는디. 은미야, 나 걍 빨리 갈란다."

춘희 씨는 은미의 팔을 붙잡고 보챘다. 은미는 춘희 씨 볼을 쓰다듬으며 가만가만 말했다.

"엄마, 집에 가면 영양제 하나 맞으러 나오기가 쉽지 않아. 여기서 맞고 가면 편하고 좋지."

"……자꾸 니 돈 쓰믄 안 되는디."

은미는 LA에서 코리안 레스토랑을 네 개나 운영하는 사업가가 돈이 얼마나 많은지 너스레를 떨었다.

"엄마, 나 미국 집은 방이 다섯 개고 수영장도 있고 분수도 있어. 그거 애들 주고도 돈이 남아서 양평에 마당 있는 한옥 샀어. 마당이 하도 넓어서 개울도 내고 연못도 팠어. 엄마, 아무 걱정 하지 마. 이제 우리 텃밭 가꾸면서 설렁설렁 재밌게 살면 돼."

춘희 씨의 홀쭉한 양 뺨에 보조개가 패었다. 은미의 양 뺨에도 보조개가 생겼다. 춘희 씨는 더 이상 고집을 부리지 않고 순순히 팔뚝을 내밀었다. 영양제를 맞으면서 춘희 씨는 은미의 손을 꼬옥 잡았다.

"네 얼굴 보니까 맴이 편해서 그른가 잠이 솔솔 오네."

"그럼 한숨 자. 주사 다 맞으려면 시간 꽤 걸려."

"실컷 자서 자기 싫은디……. 그냥 니 얼굴 보고 있고 잪은디……."

"내가 자장가 불러 줄까? 어릴 때 엄마가 나 재워 준 것처럼."

"오메, 별 해괴한 소릴 다 헌다."

배시시, 춘희 씨가 웃었다. 은미는 토닥토닥 엄마 가슴을 두드렸다.

"자장자장 우리 엄마, 잘도 잔다 자장자장. 꼬꼬 닭아 울지 마라, 우리 엄마 잠을 깰라. 멍멍 개야 짖지 마라, 우리 엄마 잠을 깰라. 자장자장……."

춘희 씨는 미소 띤 얼굴로 눈을 감았다. 힘주어 잡았던 은미

손을 스르륵 놓았다. 슬며시 입이 헤벌어졌다. 살짝 올라간 눈꺼풀 사이로 빛을 잃은 눈동자가 보였다.

그 뒤로도 한참 동안 은미는 엄마를 위해 자장가를 불렀다.

"2031년 7월 7일 오전 11시 37분, 강춘희 어르신, 사망했습니다."

의사의 나직한 목소리. 간호사들은 춘희 씨 팔에서 라인을 정리했다. 춘희 씨의 머리에서 긴 케이블이 주렁주렁 달린 뉴럴라인 캡을 벗겼다. 지지직, 춘희 씨 발치에 있던 모니터에서 소리가 났다.

대상자와 연결 해제되었습니다.

배웅실 밖에서 검은 정장을 입은 매니저가 들어왔다. 춘희 씨를 향해 허리를 깊이 숙여 인사했다. 검게 바뀐 모니터에도 정중하게 인사했다. 모니터에 글자가 떴다.

강춘희 어르신께서 생전에 가장 바랐던 일이 이루어졌습니다. 사랑하는 딸과 함께 사는 것. 어르신께서는 아무런 고통 없이 좋은 꿈을 꾸며 편안히 삶을 마무리하셨습니다. 고인의 명복을 빕니다.

'이토록 좋은 날' 임직원 일동.

다시 모니터가 밝아지더니 좁고 어둑한 방이 나왔다. 창고인 듯 박스가 잔뜩 쌓인 곳에서 한 여성이 눈물을 훔치고 있었다. 'crew KIM' 명찰이 달린 유니폼을 입은 춘희 씨의 딸 은미. 핸드폰으로 엄마의 임종을 보고 있었다.

은미는 엄마에게 안락한 임종을 선사하기 위해 여섯 달 치 생활비를 쏟아부었다. 임종을 지키고 장례를 치르기 위해 한국으로 건너갈 수 없는 형편에선 이것이 최선이었다. 흐느끼던 은미는 시간을 확인하더니 짐짓 놀랐다. 휴게 시간이 끝난 지 10분이 넘었다.

"엄마를…… 잘 보내 주셔서 고맙습니다."

은미는 고개 숙여 인사했다.

모니터가 완전히 꺼졌다.

오늘의 주인공 #2 박흰돌

매니저는 100호로 내려갔다.

100호는 여타 배웅실보다 두 배 정도 넓고 천장도 살짝 더 높다. 내부는 가구 하나 없이 텅 비어 있는데 100호를 이용하는 주인공마다 필요한 게 다르기 때문이다. 매니저는 반구 모양의 텐트를 설치하고 바닥에 폭신한 매트를 깔았다. 텐트 안은 어둑하고 아늑했다. 담요는 주인공의 보호자가 가져오기로 했다.

도우미들이 오늘의 주인공을 들것에 싣고 들어왔다. 뒤따라 여자 고등학생과 부부가 들어왔다. 여학생은 학교에서 바로 왔는지 교복을 입고 있었다. 여학생의 눈은 퉁퉁 부어 있었다. 아버지도 연신 눈가를 훔쳤다. 어머니는 낡은 회색 담요를 텐트 안 매트 위에 깔았다. 도우미들이 조심스레 주인공을 담요 위에 내려놨다. 박흰돌, 등줄기 털이 누릇한 진도 백구, 열 살 수컷. 매니저가 주인공의 몸에 맞게 뉴럴라인 캡을 조정하여 씌웠다. 가족들은 눈물을 꾹꾹 참으며 모든 과정을 지켜보았다. 여학생이 매니저에게 물었다.

"저기요, 강아지들도 좋은 꿈을 꾸면서 가는 거 맞죠?"

"좋은 기억이 많다면 자연스럽게 좋은 꿈을 꿉니다."

"만약에 끔찍한 꿈을 꾸면 어떻게 해요?"

"여태껏 끔찍한 꿈을 꾼 이는 없습니다. 예전에 좁은 우리에 갇혀 지냈던 곰이 넓은 곳에서 형체가 확실치 않은 대상을 물어뜯고 갈가리 찢어 죽이는 꿈을 꾼 적이 있습니다. 인간 입장에선 끔찍한 일이지만 곰의 입장에선 억눌렸던 야성을 발산한 좋은 꿈이었다고 봅니다. 그래서 강제 종료하지 않고 마지막까지 즐기게 두었습니다."

아아, 여학생은 탄식하면서도 빠르게 수긍했다.

"이제 준비를 마쳤습니다. 시작하시겠습니까?"

"만약에요, 흰돌이가 꿈에 학대당하는 것 같다 싶으면 곧장 멈춰 주세요. 얘가 두 살 때 우리 집에 왔는데요, 그 전에는 어떻게 살았는지 모르거든요."

여학생은 한마디 한마디 힘주어 말했다. 매니저는 고개를 끄덕였다.

수의사와 동물 보건사가 들어와 흰돌이의 다리에 라인을 잡고 필요한 준비를 마쳤다. 여학생은 텐트 안에 들어가 주인공과 나란히 누웠다. 주인공은 꼬리를 들다가 말았다. 숨을 쉬는 것도 몹시 힘든 듯했다. 여학생이 주인공의 목덜미를 살살 쓰다듬으며 말했다.

"흰돌아, 누나 여기 있어. 괜찮아, 괜찮아."

후음, 흰돌이가 길게 숨을 내쉬며 눈을 감았다.

흰돌이는 기척을 느끼자마자 벌떡 일어났다. 방문이 열리며 작은 소녀가 나왔다. 소녀는 눈도 제대로 못 뜨면서 흰돌이를 끌어안았다. 흰돌이는 약간 불편했지만 잠시 가만히 있기로 했다. 소녀는 자기를 만지는 걸 매우 좋아했기 때문이다. 흰돌이도 소녀의 체취가 좋았고 소녀의 온기가 좋았다.

"박흰돌, 어제 왜 누나랑 자다가 나갔어? 옆에서 자라고 했잖아."

소녀의 원망 어린 말투에 흰돌이는 푸우, 한숨을 내쉬었다. 소녀의 어마어마한 잠버릇이 떠올랐다. 지난밤에도 흰돌이는 소녀의 팔에 두 번이나 목덜미를 얻어맞았다. 소녀는 흰돌이의 꼬리를 깔고 누웠고 무릎으로 엉덩이를 걷어찼다. 결국 흰돌이는 거실로 나와 소파에서 잤다. 소녀는 자신의 품에서 몸을 빼는 흰돌이를 바라보다 씩 웃었다.

"우리 애기, 누나가 등 긁어 줄까요?"

소녀가 양손으로 등줄기를 박박 긁어 줬다. 흰돌이는 개운함을 느끼며 벌렁 누웠다. 소녀는 흰돌이의 배를 통통통 두드리며 살살 문질렀다. 흰돌이는 느른하게 뒷다리를 쭉 폈다. 더 뒹굴고 싶었지만 소녀가 일어서는 바람에 흰돌이도 같이 일어났다.

"흰돌아, 오늘 우리 같이 캠핑 갈 거야! 반려견 동반 캠핑장이래. 너도 좋지?"

흰돌이는 꼬리를 흔들었다. 소녀의 표정을 보니 곧 좋은 일이 생길 것 같았다. 소녀는 주방으로 방으로 화장실로 돌아다녔다.

흰돌이는 자신의 방석에 앉아 가족의 기척에 주의를 기울였다.

큰방에서 남자 어른이 나왔다. 반가워 달려갔지만 남자 어른은 흰돌이의 머리만 잠깐 쓰다듬었다. 몹시 바쁜 듯했다. 뒤이어 여자 어른도 나왔다. 그녀도 바빴지만 기분은 좋은 듯했다. 어른들은 분주히 집 안을 돌아다니며 물건을 챙겼다.

물건은 현관 앞에 차곡차곡 쌓였다. 흰돌이는 신중하게 냄새를 맡았다. 고기, 김치, 쌀과 같은 음식과 베란다에 보관해 둔 물건들이었다. 베란다 물건에서 희미하게 낯선 흙냄새가 풍겼다.

기억이 났다. 가족은 멀리 나갈 준비를 하는 거다. 설마 또 자기들끼리만 가는 건 아니겠지? 흰돌이는 불안해져 현관문에 바짝 붙어 앉았다. 남자 어른이 허허 웃으며 말했다.

"쟤 자기도 같이 가는 거 알고 저러나?"

"흰돌이 알아. 내가 말해 줬어. 오늘 같이 캠핑 간다고. 박흰돌, 가자!"

가자? 가자! 흰돌이는 벌떡 일어섰다. 설레서 꼬리를 가만둘 수가 없었다. 가족은 모두 차에 탔다. 이렇게 다 같이 차에 타면 늘 좋은 일이 생겼다. 실컷 달리고 뒹굴고 새로운 냄새를 맡을 수 있는 곳으로 가는 게 분명했다.

한참을 달려 탁 트인 곳에 도착했다. 가족은 차에서 내리자마자 물건을 내리고 영역을 만드느라 분주했다. 흰돌이는 좀 쉬고 싶었다. 이동하는 내내 몸이 너무 흔들려서 어지럽고 괴로웠다.

흰돌이는 나무 밑 흙바닥에 엎드렸다. 소녀가 물그릇에 시원한 물을 가득 담아서 가져왔다. 소녀는 흰돌이에게 필요한 걸 잘 알았다. 흰돌이가 목을 축이자마자 소녀가 안달하며 말했다.

"이제 괜찮지? 공놀이하자. 공!"

소녀가 테니스공을 던지자 흰돌이의 심장이 마구 두방망이질 쳤다. 하지만 공은 기대보다 가까운 곳에 떨어졌다. 컹컹! 흰돌이는 소녀에게 좀 더 멀리 던지라고 우렁차게 소리쳤다. 그때 낯선 냄새가 풍겼다. 바로 뒤에 있는 풀숲에서 나는 냄새였다. 우리 가족이 머무는 곳에서 이런 냄새가 나다니!

"박흰돌, 뭐 하냐?"

흰돌이는 풀숲에 들어가 자기 오줌으로 낯선 냄새를 지웠다. 풀숲과 이어진 길에도 자기 냄새를 묻혔다. 이렇게 하면 다른 무언가가 가까이 오는 걸 더 빨리 알아차릴 수 있다. 다른 가족들은 자기 냄새를 묻힐 줄 모르기 때문에 흰돌이 혼자 해야 했다. 이 무방비한 가족들을 지키기 위해 노상 하던 일이다.

"박흰돌, 이리 와!"

소녀가 박수를 치며 불렀다. 흰돌이는 풀숲을 더 둘러보고 싶었지만 소녀에게 돌아갔다. 낯선 곳이라서 소녀가 불안해할 수도 있었다.

모처럼 여자 어른이 공을 던졌다. 여자 어른은 늘 좋은 먹이를 나누어 줬다. 먹이를 주는 것만도 고마운데 공까지 던져 주다니! 하지만 여자 어른은 같이 뛰지 않아서 재미가 없다. 흰돌이는 소녀에게 공을 가져갔다.

"으이그, 나한테 가져오면 어떡해!"

소녀는 와하하 웃었다. 소녀는 몇 번이고 공을 던졌고 흰돌이는 그때마다 소녀에게 가져갔다. 뛰고 걷고 구르며 한참 놀다가 소녀가 바닥에 벌렁 누웠다. 지친 모양이었다. 흰돌이는 더 뛰고 싶었지만 소녀 옆에 같이 누웠다. 소녀의 땀 냄새가 강렬하게 풍겼다. 온 세상이 소녀의 냄새로 가득 찬 것 같았다. 그게 참 좋았다.

오늘 먹이는 특별했다. 여자 어른이 사료보다 고기를 훨씬 많이 주었다. 흰돌이는 고기부터 먹어 치웠다. 먹으면서도 가족을 계속 주시했다. 정확히는 남자 어른의 신호를 기다리고 있었다.

큼큼, 큼! 수상쩍은 콧소리. 또다시 어흣, 크으흠, 큼. 그렇지, 때가 되었다! 남자 어른이 상 밑으로 손을 뻗어 흔들었다. 큼직한 고기 두 덩이, 여자 어른이 주는 퍽퍽한 살코기가 아니라 기름이 줄줄 흐르는 구운 삼겹살이었다.

흰돌이는 재빨리 받아먹고는 시치미를 뚝 뗐다. 절대로 고맙다고 안 하기, 이건 남자 어른과의 약속이다. 여자 어른에게 들키면 남자 어른은 등짝 스매싱, 흰돌이는 일주일간 사료만 먹어야

134

한다. 남자 어른은 일찌감치 흰돌이에게 여자 어른의 눈을 피하는 법을 가르쳐 주었고 흰돌이는 그의 가르침을 소중히 여겼다.

가족들은 먹은 걸 치우느라 분주했다. 흰돌이는 배가 불러 몸이 느른했다. 좀 누워 있을까 싶어 자리를 잡는 찰나, 멀리서 작은 냄새 뭉치가 빠르게 다가왔다. 점점 더 가까이 다가오더니 아까 그 풀숲으로 들어갔다. 흰돌이는 벌떡 일어나 뛰어갔다. 컹컹, 컹! 흰돌이가 짖자 작은 냄새 뭉치는 멈칫했다. 흰돌이는 더욱 큰 소리로 짖었다.

"박흰돌, 왜 그래? 이리 와!"

소녀가 거듭 불렀지만 흰돌이는 뒤도 안 돌아보고 풀숲으로 뛰어들었다. 냄새 뭉치는 갈팡질팡하다가 왔던 길로 되돌아갔다. 흰돌이는 경계를 늦추지 않고 풀숲을 샅샅이 살폈다. 냄새 뭉치는 멀리 사라지고 냄새도 거의 나지 않았다. 그제야 흰돌이는 소녀에게 돌아갔다.

"흰돌아, 이제 잘까? 내일 아침에 저기 강 따라서 산책하자."

소녀는 오늘은 꼭 자기 옆에서 자라고 신신당부했다. 흰돌이는 못 들은 척 자신의 방석 위에 엎드렸다.

가족들은 금방 잠들었다. 아무리 자기 영역이라지만 낯선 곳인데 이렇게 무방비하다니. 흰돌이는 조용히 일어났다. 텐트 안을 돌아다니며 구석구석 냄새를 맡았다. 킁킁, 킁. 우리 가족 외에 다른 냄새는 없었다. 다음엔 가족 한 사람 한 사람의 몸 냄새를 맡았다. 날숨에 섞인 냄새도 맡았다. 가족 모두 무탈했다.

꼼꼼하게 다 확인하고 나니 긴장이 풀렸다. 흰돌이는 소녀와 여자 어른 사이를 비집고 들어갔다. 남자 어른의 코골이가 시작되긴 했지만 이렇게 있으니 편안했다. 흰돌이는 가족의 온기를 느끼며 깊은 잠에 빠졌다.

"2031년 7월 7일 오후 2시 55분, 박흰돌 견공, 사망했습니다."

수의사의 나직한 목소리. 동물 보건사와 매니저가 흰돌이의 몸에서 라인과 뉴럴라인 캡을 정리했다. 흰돌이가 꾸던 꿈이 나오던 모니터에 글자가 떴다.

박흰돌 견공은 생전에 가장 바랐던 일을 이루었습니다. 늘 자기 무리와 함께 지내는 것. 박흰돌 견공은 아무런 고통 없이 좋은 꿈을 꾸며 편안히 생을 마쳤습니다. 박흰돌 견공의 명복을 빕니다.

'이토록 좋은 날' 임직원 일동.

여학생은 안도했다. 울지 않으려고 무진 애를 썼다. 흰돌이가 급성 신장염으로 많이 고통스러워했는데 마지막은 편안하게 해줄 수 있어서 다행이라며 흰돌이의 이마에 입을 맞췄다. 흰돌이

몸은 아직 따뜻했다.

"흰돌아, 나도 너랑 같이 살아서 정말 행복했어. 매일매일이 진짜 좋았어. 같이 살아 줘서 고마워. 나중에 우리 또 같이 사는 거다? 잘 가, 사랑해."

여학생은 뜨거운 눈물로 흰돌이를 배웅했다.

오늘의 주인공 #3 최영지

엄마는 조심스레 방문을 열었다. 영지 냄새가 사라질까 봐 엄마는 문을 꼭 닫았다. 아무렇게나 뒤집힌 이불, 방바닥에 뱀 허물처럼 놓인 수면바지, 책상 위 쏟아질 듯 쌓인 교재 더미, 코 푼 휴지가 수북한 휴지통을 물끄러미 바라봤다. 반쯤 열린 옷장 문을 닫을까 말까 하다가 그대로 두었다. 영지의 손길이 사라질까 봐 엄마는 아무것도 만지지 않았다. 엄마는 쪼그리고 앉아 방바닥에 떨어진 머리카락을 한 가닥 주웠다. 한숨에 날려 사라질까 봐 손수건에 고이 넣어 책상 위에 두고 나왔다.

화장실에선 세찬 물소리가 그치지 않았다. 아빠는 좀처럼 나올 생각을 안 했다. 출발할 시간이 다 됐지만 엄마는 아빠를 재촉하지 않았다. 내심 안 나왔으면 했다. 굳이 오늘이어야 할까,

내일이어도 괜찮지 않나. 그렇게 멍하니 화장실 앞에 서 있는데 문자가 왔다. 출발해야 해, 내려와. 아빠였다. 아빠는 한참 전부터 1층에서 기다리고 있었다. 화장실 물을 잠그지 않고 나온 건 엄마였다.

엄마는 요즘 이런저런 걸 자꾸 까먹었다. 아빠도 비슷했다. 택시 호출 앱을 열어 놓곤 그냥 멍하니 보기만 했다. 빈 택시가 지나가도 잡지 않았다. 엄마랑 아빠는 버스를 타고 지하철을 타고 다시 버스로 갈아타고 내려서 또 20분을 걸어 영지에게 갔다. 예정보다 늦게 도착했지만 매니저는 다정하게 엄마와 아빠를 맞이했다.

엄마와 아빠는 가족 대기실에서 매직미러로 영지를 바라봤다. 영지는 편안해 보였다. 좋아했던 브랜드의 스포츠웨어를 입고 초록색 반짝이 양말을 신었다. 세심하게 메이크업을 해 준 덕에 평소처럼 명랑하고 생기발랄해 보였다. 언제 아팠느냐는 듯 일어나 친구들과 놀러 나갈 것 같았다.

매니저가 이제 시작해도 되겠냐고 물었다. 엄마와 아빠는 서로의 손을 꼬옥 잡고 고개를 끄덕였다. 매니저가 뉴럴라인 캡을 영지의 머리에 씌웠다.

영지는 거센 바람 소리에 놀라 눈을 떴다. 온몸이 두들겨 맞은 것처럼 뻐근하고 머리도 띵했다. TV를 보다 낮잠 잤을 때처럼 머릿속에 조각난 영상이 마구 돌아다녔다. 영지는 멍하니 중얼거렸다.

"으아, 정신 하나도 없어. 꿈을 수십 개는 꾼 것 같네."

고2 여름방학 때 꿈도 꾼 듯했다. 병원, 엄마, 아빠…… 제대로 기억나는 건 없었다. 주섬주섬 일어나 앉았다. 천장까지 유리인 차 안이었다. 두툼한 침낭, 견과류랑 바나나 봉지, 롱패딩이 눈에 들어왔다. 영지는 멍하니 바라보다 키득키득 웃었다.

"아우, 이게 더 꿈같다! 고3 겨울방학에 오로라 보러 아이슬란드 배낭여행 온 거!"

핸드폰을 확인했다. 저녁 8시 51분, 차 안 온도는 영하 1도, 외부 온도는 영하 8도. 허연 입김이 나오긴 해도 그다지 춥진 않았다. 사나운 바람은 좀체 잦아들 기미가 없었지만 구멍 난 구름 사이로 맑은 하늘이 보였다. 오로라 예보에서 9시 30분에 오로라가 뜬다고 했으니 조금만 더 기다리면 된다.

"오로라 영상 제대로 찍어 놔야지. 안 그럼 아무도 안 믿을 거야. 아우, 근데 화장실 가고 싶어. 어떡하지?"

영지는 몸을 배배 꼬며 참고 참다가 결국 밖에 나가기로 했다. 입을 수 있는 옷을 다 껴입고 차에서 내렸다.

아이슬란드의 겨울바람은 한국의 겨울바람과는 차원이 달랐다. 영하 8도지만 바람 때문에 체감온도가 영하 20도쯤 되는 것 같았다. 바람이 진짜 거셀 땐 차가 다 흔들거렸다.

영지는 주위를 둘러보며 볼일을 볼 장소를 물색했다. 한데 탁 트인 사방에 지평선만 보여서 난감했다. 주변에 아무도 없긴 했으나 썩 내키질 않았다. 그냥 차 뒤에 숨어서 해 볼까 하다가 조금 걸으면서 찾아보기로 했다. 커다란 바위 하나만 있어도 좋겠다 싶었다.

"요, 대박! 저쪽에 바위가 있었네!"

영지는 환성을 지르며 겅중겅중 뛰어갔다. 바위가 크진 않았지만 쭈그리고 앉으니 몸이 가려졌다. 영지는 흐어어, 소리를 내며 개운하게 일을 봤다. 하도 오래 참아서 소변은 끝도 없이 나왔다.

"궁둥이는 얼고 있지만 세상 행복하다. 그런데 왜 점점 밝아지지?"

하늘에서 스멀스멀 빛나는 초록 연기가 피어났다. 오로라, 오로라였다! 영지는 벌떡 일어나 옷을 추스르며 하늘을 올려다봤다. 연기처럼 뿌옇던 오로라는 진해졌다가 흐려졌다가 하며 여러 갈래로 나뉘었다. 그중 영지 머리 위를 지나는 다섯 줄기 오로라가 하늘과 땅 사이를 꽉 메울 듯 커졌다.

"앗! 카메라, 카메라 어딨어?"

영지는 차로 뛰어갔다. 암만 찾아도 카메라가 안 보였다. 아까 바위에 두고 왔나 싶은 순간, 양손이 묵직해졌다. 카메라? 삼각대? 이걸 언제부터 들고 있었지? 영지는 고개를 갸웃거렸다.

하늘은 점점 더 맑아졌고 오로라는 더욱더 광대해졌다. 영지는 카메라를 바닥에 바짝 붙여 설치하고 오로라를 촬영했다. 차에서 매트를 가져와 누워 하늘을 바라봤다. 오로라는 초록빛만 있는 줄 알았는데 아니었다. 초록, 노랑, 빨강, 자주색 빛이 온 하늘을 뒤덮었다. 모양도 변화무쌍했다. 춤을 추듯 너울대며 길게 뻗어 나갔다가 구불구불 켜켜이 모였다.

"거대 페이스트리 같다. 아닌가, 밀푀유나베인가. 아아, 배고파."

별은 많아도 너무 많았다. 하늘이 지저분하게 보일 정도였다. 오로라는 쉬지 않고 일렁거리다 폭발하듯 하얀색과 자주색 빛을 뿜어냈다. 찬란하던 빛이 사그라들자 초록 물결이 잉크처럼 밤하늘에 번져 나갔다. 따뜻한 초록빛과 차갑지만 부드러운 북극 바람이 영지를 어루만졌다.

"아이참, 왜 눈물이 나고 그래."

영지는 장갑 낀 손으로 눈물 콧물을 훔쳤다. 너무 아름다운 걸 보면 눈물이 난다고 하더니 정말 그랬다. 지나온 모든 게 좋았다. 앞으로 모든 게 잘될 것 같았다.

"지금 같아선 수학도 사랑하겠네. 진짜 당장 죽어도 여한이 없다. ……아닌가? 아니지! 일단 엄마랑 아빠한테 이걸 보여 줘야지. 영상통화, 영상통화!"

영지는 전화를 걸었다. 엄마는 신호가 가자마자 받았다.

"엄마, 엄마! 이것 봐, 보여? 오로라야, 오로라. 저기부터 저기까지 하늘에 있는 초록색이 다 오로라야!"

"아휴, 놀래라! 뭔 일 난 줄 알았잖아. 진짜 예쁘네. 근데 영지야, 엄마 지금 맥주 사장님이랑 얘기 중이야."

엄마는 몸조심하라며 끊었다. 아빠에게 전화했더니 또 엄마가 받았다. 네 아빠 야채 다듬느라 정신없다고, 이따 밤에 통화하자며 끊었다.

영지네 엄마 아빠는 늘 바빴다. 그래도 세 식구 겨우 먹고산다고 했다. 가족끼리 여행 갔던 게 언제더라, 영지는 가물가물했다. 나들이는 갔었나. 둥둥 떠다니던 영지의 마음이 묵직해졌다. 오로라는 지평선 너머로 끝없이 펼쳐졌다. 영지는 일어나 하늘을 보며 거닐었다. 광야에 쏟아지는 빛을 마음에 가득 담았다.

"엄마랑 아빠도 꼭 오로라 보면 좋겠다. 같이 와서 보면 더 좋을 텐데."

밤새도록 오로라를 보고 싶었지만 아침 일찍 이동해야 하니 그만 자기로 했다. 오로라를 촬영하는 카메라는 밖에 그대로 두고 차에 탔다.

"근데 내가 언제 운전면허를 땄지? 11월에 수능 보자마자 땄

나."

영지는 컵라면 하나를 뚝딱 해치우고 침낭에 들어갔다. 핸드폰 셀카를 확인했다. 오로라를 배경으로 백 장도 넘게 찍었는데 그게 그거였다. 누워서 비슷비슷한 셀카를 계속 보니 솔솔 잠이 왔다.

영지는 늘 배낭 하나 둘러메고 훌쩍 떠나는 여행을 꿈꿨다. 자기 자신을 만나는 여행이랄까. 과연 그랬다. 낯선 곳에서 혼자 밤을 보내는 게 조금 무섭긴 하지만 씩씩하게 즐기고 있는 자신이 자랑스러웠다. 오로라를 보니 아름다운 걸 함께 나누고픈 얼굴들이 떠올랐다. 혼자 떠난 아이슬란드 여행은 영지 자신을 위한 모험이었고 영지가 사랑하는 사람을 만나는 시간이었다.

"엄마한테 전화해야 하는데……. 내일은 온천 가야지, 공짜 온천이 있다고……."

영지는 깊은 잠에 빠졌다.

"2031년 7월 7일 오후 5시 40분, 최영지 양, 사망했습니다."

의사의 나직한 목소리. 간호사들이 영지의 팔에서 라인을 정리했다. 가족 대기실에서 매직미러로 보고 있던 엄마는 스르륵 주저앉았다. 아빠는 가슴을 치고 또 쳤다. 그 소리가 복도 바깥까지 울렸다.

매니저는 조용하고도 민첩하게 영지의 머리에서 뉴럴라인 캡을 벗겼다. 지지직, 영지 발치에 있던 모니터에 메시지가 떴다.

최영지 양은 생전에 가장 바랐던 일을 이루었습니다. 아이슬란드에서 오로라 보기. 최영지 양은 아무런 고통 없이 좋은 꿈을 꾸며 편안히 생을 마쳤습니다. 고인의 명복을 빕니다.

'이토록 좋은 날' 임직원 일동.

엄마와 아빠가 영지를 배웅하려고 침대방으로 들어왔다. 매니저는 나지막이 주의사항을 알려 줬다.

"최영지 양의 청각은 아직 남아 있을 겁니다. 평소처럼 인사하기를 권합니다."

엄마 아빠는 울음을 꾹꾹 내리누르고 고개를 끄덕였다. 엄마는 조심스레 영지의 얼굴을 쓰다듬고 팔을 만지고 손을 잡았다. 영지야 예쁜 거 보여 줘서 고마워, 다음엔 같이 가자. 어디로든. 맛있는 거 해 먹고 온종일 빈둥거리자. 그때까지 잘 쉬고 있어.

눈을 감은 영지의 얼굴은 편안해 보였다.

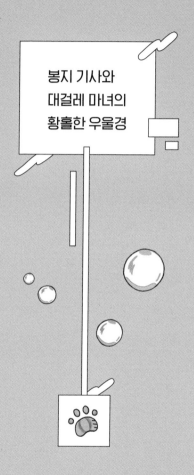

봉지 기사와
대걸레 마녀의
황홀한 우울경

누더기 여사가 죽었다.

두 아들도 엄마를 따라갔다. 젖을 입에 문 채, 스물한 시간이라는 짧은 생을 마감했다. 하나 슬퍼할 겨를이 없다. 홀로 남은 막내를 지킬 방도를 찾아야 했다.

누더기 여사의 체취가 남은 이불을 찢어 막내를 감싸 리어카 아래로 옮겼다. 막내는 엄마를 찾으며 서럽게 울었다. 나머지 이불로 여사와 아들들의 시신이 훼손되지 않도록 덮어 주차장의 가장 구석진 곳으로 옮겼다. 날이 흐려 충전을 못 한 상태라 몸이 자꾸 멈췄다.

시신을 갈무리하자마자 완전히 방전되어 주저앉았다. 손가락 하나도 움직여지지 않았다. 새벽 01시 19분, 해가 뜨려면 다섯 시간은 지나야 하는데. 막내가 울음을 그치지 않았다. 누가 해코지하러 오진 않겠지. 리어카 때문에 밖에선 보이지 않을 거야.

철커덩, 끼이이익!

둔탁한 금속성 소리와 함께 주차장 입구로 기다란 그림자가 나타났다. 대걸레 마녀! 마녀는 주차장에 들어와 리어카 주변을 기웃거리더니 막내를 감싼 이불을 집어 들었다.

안 돼, 하지 마!

목소리가 나오질 않았다. 마녀는 막내를 데리고 사라졌다.

대걸레 마녀의 집은 봉제산 폐쇄된 길 끝에 외따로 있다. 검붉은 벽돌로 된 4층 건물인데 폭이 좁아서 층마다 방 한 칸 겨우 있을 듯했다. 지어진 지 30년도 넘었을 것이다. 건물과 기우뚱한 시멘트 담벼락 사이엔 차양이 쳐져 있는데 그곳이 바로 주차장이다.

차 대신 바퀴 빠진 리어카와 깨진 항아리, 고무 대야와 빈 페인트 통 같은 게 쌓여 있다. 대문짝만한 출입 금지 표지판과 녹슨 체인이 달린 러버콘까지 있으니 사람은 얼씬도 하지 않았다.

주차장 쪽 건물 벽면엔 길쭉한 화단이 붙어 있다. 거기서 자란 담쟁이가 벽면 하나를 몽땅 차지했다. 바람이 불면 수만 개의 이파리가 펄렁거리며 쏴아아— 소리를 냈다. 누더기 여사는 그 소리를 참 좋아했다. 구석에서 가만히 듣고 있으면 제법 운치가 있었다.

마녀는 혼자 지냈다. 찾아오는 이는 택배 기사뿐, 외출이라곤

3일에 한 번 오밤중에 나와 쓰레기를 잔뜩 내놓고 들어가는 게 전부였다. 나올 때마다 꼭 대걸레를 들고 나와서 누더기 여사가 '대걸레 마녀'라고 불렀다.

누더기 여사는 대걸레 마녀에게 집주인에 대한 예를 다했다. 외로움에 몸부림칠 때도 밤엔 절대 노래하지 않았다. 봉제산에서 내려오는 들쥐나 지네가 마녀의 집에 얼씬도 못 하게 막았다. 바퀴벌레도 퇴치 대상이었다. 이 아늑한 주차장에서 누구 눈치 안 보고 편안하게 해산할 수 있으니 이 정도는 해야 한다는 게 여사의 생각이었다.

난 인간이란 본디 달면 삼키고 쓰면 뱉는 간사한 존재이며, 자기보다 약한 것에는 무한히 잔혹하게 구는 존재임을 증언했다. 배신과 망덕은 인간의 특성 아닌가. 하지만 여사는 한때 나의 주인이었던 인간이 대걸레 마녀는 아니지 않냐며, 모든 인간을 똑같이 생각해선 안 된다고 했다.

여사는 생의 마지막 날까지 대걸레 마녀에게 성의를 표했다. 그런데 대걸레 마녀는 막내를 납치했다. 누더기 여사의 신의를 처참하게 뭉개 버린 거다. 내 반드시 누더기 여사의 유일한 혈육을 구출하고 대걸레 마녀에게 복수하리라.

08시 10분, 충전율 76퍼센트. 이 정도면 충분하다. 랜선은 건물 옥상에서 내려오고 있었다. 랜선을 끊는 건 여사와 친분이 있던 집비둘기에게 부탁했다. 사정을 듣자 집비둘기는 패거리를 잔뜩 데려와 물고 쪼며 작업했다. 랜선 하나가 끊어져 떨어졌다. 만세!

집비둘기들은 날아가지 않고 옥상 난간에 도열해 앉아 날 응원했다. 나는 건물 주변을 돌아다니며 방해 전파를 쏴 무선 통신망에 간섭했다. 지금쯤이면 대걸레 마녀가 인터넷이 안 되는 걸 알았을 것이다. 고장 신고를 해야 하니 10분쯤 멈췄다가 쏘고 다시 멈추길 3회 반복. 내가 이렇게나 용의주도하다.

09시 40분, 대문의 벨을 눌렀다. 딩동, 딩동, 딩동! 나와, 빨리 나오라고!

철커덩.

"누구⋯⋯?"

한 뼘도 채 안 되게 열린 문틈으로 갈라지고 새된 목소리가 들렸다. 이마에 오도도도 뾰루지가 난 십 대 여자, 대걸레 마녀. 이렇게 가까이서 보는 건 처음이다. 옥수수수염처럼 허옇게 탈색한 머리카락 때문에 더 마녀 같았다. 마녀는 눈을 가늘게 뜨고 대걸레를 꽉 움켜쥐고 있었다. 여차하면 휘두를 폼이다. 마녀의 환심을 얻어야 하니 음색은 '우아하고 점잖은 물소 톤'으로. 자, 간다.

"인터넷 고치러 왔습니다. 고장 접수하셨지요?"

어라, 왜 '나 홀로 명랑한 꾀꼬리 톤'이 나오지? 아…… 맞다, 나 인간 음색은 하나밖에 없지. 주인새가 지 취향에 안 맞는 목소리는 몽땅 삭제했잖아. 독립한 후 인간 음색을 한 번도 안 썼더니 잊고 있었다. 마녀는 뚱한 얼굴로 날 바라봤다.

"신고하자마자 왔다고? 심지어 토……끼가?"

"네, 고객님. 저는 토끼 로봇입니다. 고객 취향을 고려하여 디자인된 최신형 수리 전문 로봇 기사랍니다."

"……그런데?"

역시 마녀군. 호락호락하지 않아.

"고객님, 인터넷이 되게 하려면 제가 고객님 집으로 들어가서 모뎀이랑 이것저것을 좀 체크해야 합니다."

"싫은데."

"……네?"

"당신처럼 팬톤 놈들이 정한 색을 칠하고 돌아다니는 로봇을 내 집에 들일 순 없어. 그것도 리빙코럴이라니, 어쩌자고 세상이 이렇게 돌아가는 거야."

그냥 마녀가 아니고 미친 마녀였구나. 지 꼬라지는 안 보고 사나? 머리털은 허옇고 옷은 시커멓고 입술은 시뻘겋고. 쥐 내장을 파먹었나, 한마디 하고 싶었지만 꾹 눌러 참았다. 이 집구석 어디에선가 울고 있을 막내를 생각해야 해.

"고객님, 이래 봬도 제가 저희 사무실 에이스랍니다. 맡겨 주세요."

"코럴은 눈이 너무 아픈데. 게다가 봉지라니……."

"뭐……요?"

"기사님 꼭 비닐봉지로 만든 것처럼 생겼잖아."

"봉……지? 봉지라니요! 이건 인체 무독성, 친환경성, 항오염성을 자랑하는 특수 실리콘 나노 소재로 제작된 외피입니다. 무한에 가까운 내후성과 신축성, 압축저항성 등을 두루 갖춘 고가의 첨단 소재라고요."

"알았어, 비싸고 튼튼한 비닐 '봉지' 기사님. 금속 로봇이 아니라 특이하긴 하네. 아무튼 제대로 고칠 수 있다는 거지? 10분 안에 끝내."

고개를 끄덕이자 마녀가 문을 열었다. 가까이서 보니 덩치가 굉장히 컸다. 170센티에 70킬로는 나갈 것 같은데. 난 121센티에 18킬로……. 육박전은 피해야겠다.

건물 안은 깊고 어두운 파란색이었다. 빛이 들지 않는 깊은 바닷속처럼 바닥도 벽도 천장도 계단도 모두 비슷비슷한 검푸른 색이다. 전등도 흐릿한데 창문마다 암막 블라인드를 쳐서 햇빛이

거의 안 들었다. 이래선 태양광 충전이 불가능하다. 최대한 빨리 막내를 찾아 탈출해야 한다.

"고객님, 모뎀은 어디에 있나요?"

마녀는 턱짓으로 바닥을 가리켰다. 지하에 있다고? 내가 멀거니 서 있자 마녀는 대걸레 봉을 바닥에 탕탕, 두드렸다. 대걸레에서 퍼런 물방울이 투둑, 떨어졌다. 애는 꼭 대걸레 봉을 아래로 오게 하고 다니더라.

"발, 닦으라고."

"그 대걸레에다요?"

"뭐래, 옆에 걸레 있잖아."

마녀는 다시 턱짓으로 내 발보다 훨씬, 휘얼씬 더럽고 형체를 알아볼 수 없는 천 쪼가리를 가리켰다. 참자, 참아야 한다. 인간의 개똥 같은 기분을 맞춰 주는 게 내 특기잖아. 지금은 저 마녀의 비위를 맞춰 주자. 걸레에 발바닥을 박박 문질렀다. 마녀의 입꼬리가 살짝 올라갔다.

"지금 손님이 있어서 그래."

"이해합니다. 위생은 중요하지요. 고객님, 인터넷은 어떻게 안 됩니까?"

"그게…… 그러니까, 층마다 다, 그냥 먹통이 돼 버렸어."

대걸레 마녀가 컴맹인 건 확실하다. 다행이군.

"그럼 한 층씩 확인하겠습니다."

"그런데 정말 인터넷 수리 기사 맞아? 공구나 장비 같은 건 어 딨어?"

난 양손을 펼쳐 오른손 검지를 열고 만능 드라이버를, 왼손 검 지를 열어 만능 가위를 보여 줬다. 오, 마녀가 작게 감탄한다. 움 직여 보라고 하기 전에 얼른 집어넣었다. 고장 나서 안 움직이는 데 티 안 났겠지?

"통신 단자함은 어디에 있습니까?"

"오래된 집이라 그런 거 없어. 인터넷 선은 옥상에서 창문으 로 들어와."

"알고 있…… 어흠 흠, 그렇군요. 일단 모뎀부터 확인하겠습니 다."

"저기."

마녀는 2층으로 올라가는 계단참을 가리켰다. 족히 10년은 된 모뎀이 힘겹게 초록 불을 깜빡이고 있었다. 할머니 모뎀, 미안해. 막내 찾을 때까지만 참아 줘. 그런데 아뿔싸, 키가 안 닿는다! 쓸 모없는 몸뚱이, 왜 이렇게 짤막하고 통통하담. 키가 안 닿아 낑낑 거리자 마녀는 불퉁대며 의자 하나를 가져다 놓았다. 난 의자에 올라 모뎀의 선을 뺐다 꽂았다 하며 수리하는 척했다.

마녀는 잠자코 지켜보다가 입술을 물어뜯기 시작했다. 다리를 떨며 팔짱을 꼈다 풀었다 반복했다. 지루하지? 더 지루하게 만들어 주마.

"고객님, 이건 분해해서 봐야겠어요. 아무래도 시간이 좀 걸리겠는데요."

"아…… 그럼, 난 위에 좀. 시간이 다 돼서."

마녀는 허둥지둥 계단을 올라갔다. 타다다닥, 뛰어 올라가는 소리. 2층……, 3층……, 4층. 덜컹, 문이 열리고 닫히는 소리. 됐다! 난 서둘러 1층을 살폈다. 생물이 내는 소리는 감지되지 않았다. 2층으로 올라갔다. 우중충한 철문이 하나 있는데 문이 쪼끔 열려 있다. 끼이이익, 문 뒤에 뭔가 걸려서 더는 안 열렸다. 뭐지, 책?

아무리 마녀의 서재라지만 이건 너무한 거 아닌가.

어두컴컴한 방, 창문엔 두툼한 커튼이 쳐져 있다. 바닥엔 책이 돌멩이처럼 나뒹굴었다. 탑처럼 쌓인 책 더미도 여러 개 있다. 방 중간중간 어정쩡하게 배치한 책장에도 책이 꽉 들어찼다. 책마다 쌓인 먼지가 1센티는 될 것 같다. 책 사이사이를 오가는 책다듬이벌레는 대충 봐도 천만 마리는 될 듯하고. 책도 교과서, 참고서, 시집, 동화책이 마구 뒤섞여 있다. 어쩜 이렇게 해 놓고 살까? 천장에서부터 길게 늘어진 종이 다발도 있다. 기이한 모양의 모빌도 주렁주렁 달렸다. 서재가 아니라 그냥 책 무덤, 쓰레기장이다.

"미야아아아오, 미야오오옹!"

누더기 여사의 생전 목소리를 재생했다. 막내가 기억할까, 이런 곳에 막내가 있긴 할까. 소리 탐지 기능을 최대치로 올리고 조심스레 책 더미 사이를 살폈다. 철퍽! 뒤통수에 묵직한 충격이 가해졌다.

"여, 여기서 뭐 해?"

마녀가 사자후를 토하며 대걸레를 코앞에 들이댔다. 으잇, 벌써 오면 어떡해!

"쥐, 쥐요, 쥐! 저쪽에서 쥐 소리가 나서 고양이 소리를 냈어요."

마녀 얼굴이 점점 더 험악해졌다. 어쩌지, 더 세게 나가?

"방금 대걸레로 제 머리 후려쳤죠? 하아, 고객님. 제가 로봇이라고 이렇게 막 대하면 안 됩니다. 전 엄연히 소속이 있는 로봇이라고요. 저한테 폭력을 행사하시면 회사에서 재물 손괴죄로 고객님을 고발할 겁니다."

"……쥐, 쥐가 어딨는데!"

마녀가 대걸레를 휘두르며 꽥, 소리 질렀다. 미친 듯이 펄쩍펄쩍 뛰는 통에 책 더미 몇 개가 와르르 무너졌다. 아앗! 저기 막내가 있을지도 모르는데!

"안 돼!"

마녀와 내가 동시에 외쳤다. 마녀는 몸부림을 멈췄고 나는 급히 코에 장착된 전등을 켰다.

"어…… 이게 다 뭐죠?"

어둡고 깊은 파란색 벽에 책 무덤의 그림자가 드리웠다. 산호초, 비뚤거리지만 제법 형체를 갖춘 산호초였다. 어정쩡하게 놓인 책장은 큰 바위, 책 더미는 작은 협곡이 되었다. 천장에서부터 길게 늘어진 정신없는 종잇조각들은 해류에 따라 하늘거리는 물미역이었다. 작고 여린 해파리도 동동 떠다녔다.

바다, 바다구나. 어둡고 깊은 바다 밑바닥에 대걸레 마녀와 내가 서 있었다. 마녀가 웅얼거렸다.

"뭐…… 같아?"

"바다. 그냥 바다 말고, 아주 깊고 고요한 바다."

딱딱하게 경직되었던 마녀의 어깨가 스르륵 풀렸다. 그런데 대걸레는 왜 끌어안고 히죽거리지?

"아직 완성은 아니고. 지금 기사님이 서 있는 자리에 고래를 넣고 싶은데……, 어떨 것 같아?"

"네?"

"이 바다에 고래가 온다면…… 외로울까? 그렇겠지? 고래라면 외로울 거야. 무리를 찾아가고 싶을 테니까……. 근데 난 고래가 좋거든……, 상어는 너무 포식자……, 같이 살기는 좀……."

중얼중얼, 마녀는 주문을 읊듯 고래가 어쩌고 고래 대신에 가오리로 어쩌고 했다. 난 주의를 기울여 다시 작은 소리를 탐지했다. 마녀가 내는 소리 외에는 조용했다. 이 정도로 기척이 없다면 막내는 이 방에 없는 거다. 다른 방에 가서 찾아야 하는데, 마녀는 꼼짝도 안 했다. 아직도 고래 타령 중이다.

"고객님, 노래를 틀어 주면 될 것 같습니다. 고래들이 부르는 노래요. 돌고래건 혹등고래건 노래를 들려주면 마냥 외롭진 않겠죠. 종이 다르긴 하지만 친구들도 있으니 살 만할 겁니다."

삼지창을 든 포세이돈처럼 마녀가 대걸레를 번쩍 치켜들었다. 설마 만……세? 저렇게 아무 표정 없이? 마녀는 움찔움찔 어깨춤을 추며 책 무덤을 나섰다. 그래, 빨리 다른 층으로 가자. 마녀는 3층으로 올라가려다 말고 홱, 돌아섰다.

"아까 코에서 나왔던 전등 빛 말이야, 클래식한 블루랑 잘 어울리더라. 웜그레이가 그렇게 아름다운 줄 몰랐어. 기사님 보디컬러도 웜그레이로 바꾸면 좋을 텐데. 리빙코럴보다 훨씬 낫다고. 회사에다 바꿔 달라고 해 봐."

"저도 딱히 좋아서 이 꼴로 사는 거 아닙니다. 애초에 주인새 취향이라 어쩔 수 없었어요."

"주인새?"

"네. 본디 마지막 음절 '새' 뒤에 '끼'가 붙는데, 끼는 묵음이라 생략합니다."

"주인새······끼?"

"비슷한 말로 대표새도 있습니다."

크거걱, 키히킥킥. 웃음소리인지 신음 소리인지.

마녀가 3층 문을 열었다. 역시 여기도 어둡고 푸르스름하다.

딸깍, 길쭉한 전등에 불이 들어왔다. 2층보다 밝긴 하지만 충전될 정도의 양은 아니다.

"여긴 내 보물 창고. 다 작업할 때 쓰는 거니까 밟으면 안 돼."

내가 쓰레기장에 살아 봐서 아는데, 이 방은 쓰레기장이 맞다. 도대체 재료와 쓰레기의 차이가 뭘까. 쓰레기로 작업을 하는 건가? 찌그러진 캔, 둘둘 말린 대형 뽁뽁이, 찌글찌글한 쿠킹 포일, 물감 범벅 돗자리, 페인트로 처덕처덕 칠한 타이어, 깨진 벽돌에 끊어진 전선까지.

마녀는 바닥에 널브러진 쓰레기를 잘도 피해 갔다. 참 편하게 산다. 어쩌자고 난 엮이는 인간마다 이 모양이냐.

예전 주인새 집구석은 로봇 청소기만 네 대였는데도 항상 바빴다. 청소기만이 아니라 집 안 모든 가전들이 다 바빴다. 지가 쓴 물컵 하나 개수대에 놓을 줄 모르는 위인이었으니까. 그렇게 늘어놓는 주제에 정리 강박증이라니, 그 비위 맞추기 정말 쉽지 않았다.

재료를 가장한 쓰레기 더미 사이에서도 막내의 울음소리는 들리지 않았다. 어떤 기척도 감지되지 않았다. 여기에도 없다는 건데, 도대체 어디에 숨겼을까. 빨리 4층을 봐야 한다.

"고객님, 모뎀부터 확인해 볼게요. 모뎀이…… 아, 저쪽 사다리 밑에 있군요."

"거기 캔버스 조심해. 엄청 중요한 거야."

내가 목욕을 해도 될 정도로 큰 양동이 세 개와 페인트 붓 더미와 물감이 잔뜩 든 상자와 파란 물감이 엉겨 붙은 대걸레 두 개를 피해 사다리까지 왔다. 사다리를 살살 밀고 모뎀을 보려고 몸을 숙이니 엉덩이에 캔버스가 닿았다. 마녀가 조심하라고 버럭 소리를 질렀다. 그럼 좀 치우고 살든가!

벽에 세워진 캔버스는 높이가 2미터도 넘는 것 같다. 덕지덕지 파란색만 칠해져 있다. 물감이 질질 흐르다 그대로 굳은 듯했다. 어떻게 보면 파란 빗물이 번지는 것 같기도 하고. 난 마녀의 눈치를 보며 모뎀 전원을 껐다 켰다 만지작거렸다.

"고객님, 이 모뎀에도 이상 없네요. 다른 걸 확인해야겠어요."

뒤돌아보니 마녀가 고개를 갸웃거리며 날 노려봤다. 설마, 눈치챈 건가?

"봉지 기사님, 오른쪽으로 세 걸음만 가 봐."

순순히 마녀 말대로 했다.

"좋아, 거기서 사다리에 올라가 봐."

진짜 별걸 다 시키네. 한마디 하고 싶지만, 꾹 참았다. 지금 마녀 비위를 건드려서 좋을 게 없다. 마녀는 그 쬐그만 눈을 더 가늘게 뜨며 말했다.

"난 그림을 그린다기보다는…… 색을 찾고 있다."

난 네가 납치한 막내를 찾고 있다, 이럴 시간 없다고! 마녀가 사다리에서 내려오라며 고개를 까딱거렸다. 목에 깁스를 하면 저렇게 까딱거릴 순 없겠지? 사다리를 저쪽으로 쓰러뜨린 다음 머리통을 확!

"기사님은 파란색을 보면 무슨 생각이 들어?"

"밟으…… 네?"

"보면 연상되는 게 있잖아. 파랑과 연관된 정보들. 하늘이라든가 바다, 비……."

"감옥."

캔버스를 보던 마녀가 내게로 고개를 돌렸다. 게슴츠레했던 눈이 반짝 빛났다.

"빠져나가기 힘들잖아요, 우울은."

"……계속해 봐."

"감정, 느낌 이런 거 인간만 갖는 줄 알지만 절대 아닙니다. 그걸 표현하는 언어가 달라서 그렇지, 동물도 다 알아요."

"봉지 기사님은 로봇이잖아. 그걸 어떻게 알아?"

"저야말로 더 잘 알죠. 인간도 겪고, 고양이도 겪어 봤고, 새나쥐, 개도 겪어 봤으니까요. 각 동물마다 고유 언어가 있거든요. 제가 배운 게 많다고요."

"잠깐, 잠깐만! 그럼 봉지 기사님은 고양이 말도 알고 쥐나 새의 말도 안다는 거야? 그걸 다 배웠어?"

"간단한 의사 표현 정도는 할 수 있죠. 인간과는 다르지만 그들만의 의사 표현 방식과 소통 방식이 있어요. 같이 지내다 보면 자연스럽게 알게 돼요. 고양이 언어는 뉘앙스가 풍부해서 소통하기가 만만치 않지만요. '느낌을 표현한다'는 측면에서 보면 인간의 언어와 동물의 언어는 다르지 않아요."

"봉지 기사님 말은 인간의 언어와 동물의 언어가 비슷하다는 거야?"

"감정에 기반해서 보면요. 처해진 상황에 연결된 사고 패턴을 따라가다 보면 감정 그물망을 발견할 수 있어요."

"그물망?"

"특정 감정 상태에서 빠져나오기 힘들기 때문에 그렇게 불러요. 대부분의 감정은 단독으로 생성되지 않아요. 부정적인 감정일 경우 더 그래요. 강아지가 주인한테 버림받았다고 해 봐요. 슬프겠죠? 그런데 실제론 '슬픔'이라는 감정 하나만 생기지 않아요. 버림받기 전에 이미 냉정해진 주인의 목소리에서 느꼈던 미세한 불안, 버려진 뒤 낯선 곳에 홀로 남겨졌을 때의 공포감, 이미 각인된 주인의 체취가 일으키는 절절한 그리움과 막막한 외로움이 뒤엉켜 있어요. 버려짐과 같은 사건에서 촉발된 감정은 너무나 강력해서 마치 감옥 같죠."

"감옥이라……. 갇혀 있을 만큼 갇혀 있어야 나올 수 있다는 건가."

"도와주는 상대가 있다면 또 모르죠. 밑도 끝도 없이 믿어 주고 기꺼이 자신의 곁을 내어 주는 상대요. 살다 보면 갑자기 닥치는 사고가 있듯이 불현듯 나를 집어삼키는 사랑에 빠지기도 해요. 완전히 새로 태어나는……."

이크, 말이 너무 길어졌다. 오랜만에 인간이랑 말을 섞으니 신이 나서……. 인간과 대화하는 걸 좋아하는 내가 너무 싫다.

마녀가 피식 웃으며 말했다.

"요샌 인터넷 회사에서 그런 것도 가르치나 봐?"

"길에서 배웠죠, 어떤 여사님에게서."

마녀는 쓰레기 더미로 가 구깃구깃한 앞치마를 꺼내 입었다.

찢어진 박스와 비교적 깨끗한 아크릴 판도 꺼냈다. 포크, 철 수세미, 쿠킹 포일까지 온갖 걸 다 꺼냈다.

"풍요로운 블루를 위해서 길을 떠나야 하나……. 코럴로 인해 블루가 더 생생해진다면……. 좋아, 채도 좀 낮춰서 간다."

마녀는 아크릴 판에 물감을 짜서 섞은 다음 대걸레에 꼼꼼히 묻혔다. 대걸레를 왜 그렇게 들고 다니나 했더니 그게 붓이었다. 그런데 왜 지금 색칠하려고 하는 거니.

"고객님, 제가 좀 바쁘거든요. 서둘러 나머지 모뎀을 확인하고 문제를 찾아 수리를 해야 합니다. 다른 고객님이 기다리고 있어요."

마녀는 대꾸하지 않는다. 사다리에 올라가 캔버스에 대걸레를 문지른다. 꼭대기부터 살살, 매우 신중하게, 천천히. 내 몸 색깔과 비슷하지만 좀 더 흐릿한 코럴이 드러난다. 대걸레가 지나가니 감옥 같은 파랑에 다른 어떤 것이 생긴다. 꽝꽝 언 어둠을 녹이며 햇살이 흐른다. 거세지 않지만 거부할 수 없는 힘……이랄까. 희미한 밝음, 곧 시작될 봄. 꼭 동틀 녘에 본 누더기 여사의 등줄기 같다.

"봉지 기사님."

"네?"

"4층, 안 잠겼으니까 먼저 가서 보고 있을래?"

기회다! 마녀의 기분을 맞춰 준 보람이 있구나. 아예 밖에서 문을 잠글까? 그럼 여유 있게 막내를 찾아서 데리고 나갈 수 있을 거다.

"그런데, 기사님."

마녀가 불러 세웠다.

"코럴은 뭐가 연상되나? 산호색, 기사님 몸 색깔 말이야."

"……여사님요. 여사님은 제 색깔에 반했다고 했거든요."

계단을 오르는 동안 집중해서 주변을 살폈다. 이놈의 집구석, 어지간히 어둡고 더럽네. 천장 구석에 깔때기거미 한 마리가 자기 집 속에서 웅크리고 있을 뿐 생명체라곤 개미 새끼 한 마리 보이질 않았다. 구석구석 시체는 많았다. 집파리, 검정파리, 나방파리 같은 벌레 시체들.

4층, 이제 마지막이다. 배터리 잔량은 23퍼센트, 아슬아슬하다. 꾸물댈 시간 없어.

철컹, 문을 열었다.

4층은 마녀의 생활공간인 모양이다. 휑뎅그렁한 방, 누렇게 바랜 벽지, 꽤 밝은 LED등. 가구라곤 기우뚱한 침대, 둥그런 식탁과 의자 세 개, 붙박이 옷장이 전부다. 가전제품도 냉장고와 작은 에어컨, 오래된 노트북 두 대뿐 그 흔한 로봇 청소기도 없다. 가

난한 건지 소박한 건지 모르겠다. 주인새 집은 뭐가 진짜 많았는데. 나도 그중 하나였고.

스피커에서 작게 귀뚜라미 소리가 들렸다. 멀리서 울리는 꾀꼬리 노랫소리, 잔잔히 흐르는 시냇물 소리, 바람에 스치는 나뭇잎 소리도 났다. 한때 유행했던 ASMR '평온한 낮의 숲 소리'가 재생되고 있었다. 밖에 안 나가는 대신 이런 소리를 틀어 놓고 사는 모양이군. 꼴에 좋은 건 알아서는.

"어, 막내야!"

막내가 침대 위 커다란 수건에 파묻혀 곤히 자고 있었다. 오르락내리락하는 통통한 배, 분홍색 발바닥, 반투명한 발톱. 누더기 여사를 똑 닮은 삼색 고양이! 열 시간 만에 보는 건데, 그새 큰 것 같다. 작게 태어났어도 누더기 여사를 닮았으니 건강하고 씩씩하게 크겠지. 미야오오옹, 누더기 여사의 목소리를 재생했다.

"에옹, 엥, 끼엥……."

막내는 그 조그만 몸을 오들오들 떨면서 고개를 갸웃거렸다. 새끼 고양이 말은 데이터가 부족해 통 모르겠다. 추운가? 엄마를 찾는 건가? 엄마 소리는 재생해 줄 수 있지만 냄새는 풍겨 줄 수가 없는데. 일단 나가자. 수건을 두툼하게 접어 막내가 보이지 않게 감싸 안았다. 그런데 벌컥 문이 열렸다.

"봉지 기사님, 아까 그 그림 컬러를 바……?"

아뿔싸! 조금 더 서둘렀어야 했다. 지금 이 상황은 누가 봐도 내가 악당이다. 마녀가 눈을 부릅뜨고 냅다 소리쳤다.

"야, 너 지금 뭐 하냐?"

"문답무용! 비켜라, 마녀야!"

"문답, 뭐? 허허, 너 삐났어? 말로 할 때 애기 내려놔, 이 고양이 도둑아!"

"너야말로 도둑이지! 감히 누더기 여사의 마지막 후손을 훔쳐 가?"

"누더…… 뭐?"

"꺼져, 이 양심 없는 인간아!"

"너 인터넷 수리 기사 아니지? 반품도 안 돼서 내다 버린 반려봇 맞지?"

"아니! 난 내 발로 나온 거다. 독립한 거라고, 이 외톨이 마녀야!"

"누구더러 외톨이 마녀래? 난 은둔형 예술가야!"

한 치도 물러설 수 없는 눈싸움. 에옹, 에엑. 수건 속에서 막내가 꼬물거렸다. 막내야, 조금만 참아. 막내가 떨어지지 않게 양손으로 가슴에 딱 붙여 안았다. 마녀 손에는 대걸레가 없었다. 해볼 만해, 할 수 있어! 문 앞에 떡 버티고 선 마녀를 향해 돌진했다. 최고 속력 100퍼센트, 이단 옆차기!

"비켜어어어!"

"끄아아아아악!"

꽈다당, 내 발에 차인 마녀가 자빠졌다. 이래 봬도 내가 토끼야, 토끼! 직립보행형 비만 토끼 모델이긴 해도 인간 정도는 깡충깡충 뛰어넘을 수 있다고! 한 층을 세 걸음으로 뛰어내렸다. 쿵, 쿠궁! 4층에서 3층, 2층, 1층까지 단숨에 내려왔다.

"거기 서, 이 납치범아!"

"네가 납치했잖아, 막내는 내 딸이야!"

"떠돌이 로봇이 무슨 수로 새끼 고양이를 키울 건데!"

순간, 몸이 굳은 듯 멈추었다. 배터리 잔량이 3퍼센트라니! 너무 격하게 움직여서 그렇구나. 마녀가 부리나케 뛰어오는 소리가 들린다.

"애기, 애기 내려놔. 걔 똥 싸야 해."

"인간은 빠져. 내가 키……울 수 있……어."

"분유는 어떻게 살 거야? 배변 유도도 해야 하고 체온도 올려 줘야 하는데. 새끼 고양이가 얼마나 약한지 알아?"

"시끄……러워. 길……에는 길의 방……법이…… 다…… 있……."

곧 전원이 꺼집니다. 충전해 주세요.

눈앞이 깜빡깜빡, 큰일 났다! 다리가 움직이지 않았다. 손가락
도 움직일 수가 없다. 곧 전원이 완전히 꺼질 거다. 마녀가 다가
와 품에서 막내를 빼앗아 갔다. 누더기 여사, 미안해. 나 한다고
했는데…… 눈에 노이즈가 끼더니 깜깜해졌다. 완전히 나갔네.
아직 소리는 들렸다. 몸이 이리저리 흔들렸다. 마녀가 내 몸뚱이
를 흔드는 건가.

"배터리가 나갔나. 이걸 어디에 신고해야 하지? 그냥 내다 버리
면…… 안 되겠구나. 충전되면 또 기어들어 올 테니까. 이걸 어떻
게 부수지? 확 찢어?"

안 돼! 아, 목소리가 나오질 않았다.

이제 전원이 꺼집니다. 5, 4, 3, 2, 1.

젠장, 유언이 안내 멘트라니.

아…… 밝다. 쨍하고 환한…… 형광등?

충전됐구나! 보인다, 보여! 누리끼리……한 바닥? 아, 손바닥.
자기 손바닥으로 이마의 땀을 훔치는 대걸레 마녀가 보인다.

"어이, 로봇. 아직 안 깼나? 눈꺼풀이 없으니 꺼진 건지 켜진 건

지 알 수가 있나."

"……왜 내가 여기에 있지? 여긴 4층 아냐?"

"깼구나. 너, 보기보다 꽤 무겁더라."

"……막내는 어딨어?"

마녀가 턱짓으로 침대를 가리켰다. 아까 그 수건이 곱게 놓여 있었다.

"인터넷 AS 기사님 왔다 갔어. 바깥에서 들어오는 랜선이 끊어 졌다고 하더라. 이런 거 처음 본대. 새가 작정하고 쪼지 않고서야 저절로 끊어질 순 없다던데?"

"……"

"그리고 무선 인터넷은 간섭하던 주파수가 없어졌으니 다시 해 보래. 하니까 진짜 되더라. 너 전원 꺼지니까 갑자기 간섭 주파수 가 없어졌어. 신기하지 않냐? 이 정도 신기한 일은 경찰에 신고 해야 되지 않나 생각한다, 나는."

"소용없어. 나한테 손해배상 소송 걸어도 물어 줄 주인 같은 거 없으니까. 나, 반품도 안 되는 커스텀이야. 겁나 비싼 고성능 반려 로봇인데, 쓰다 질렸다고 주인새가 하도 구박해서 뛰쳐나왔다. 길 에서 산 지 8개월 됐어."

"근데 왜 남의 집에 들어와서 새끼 고양이를 훔치냐?"

"막내는 네가 훔쳤지! 지난 새벽 01시 19분, 네가 우리 막내 데리고 달아났잖아."

"너 그걸 어떻게……, 거기 있었어?"

"누더기 여사 시신을 수습하고 뻗어 있었어. 방전됐거든."

"아깽이 엄마가 누더기 여사야? 죽었어?"

"응. 다른 형제도 둘 있었는데, 다 갔지."

"그랬구나……."

까딱까딱, 고개가 돌아갔다. 충전율 26퍼센트, 충전 속도가 빠른데? 양쪽 발꿈치에 전선이 연결되어 있다. 마녀가 용케 찾아서 끼웠네. 오랜만에 전선으로 직접 충전하니까 빠르고 좋다. 단단한 에너지가 차오르는 것 같다.

마녀는 젖병에 분유를 타서 막내에게 먹였다. 끼용, 삐용, 메용. 새끼 고양이는 도대체 몇 가지 울음소리를 내는 건지. 맛있다는 소리 같은데, 아직 옹알이 단계라 정확치 않다.

"아깽이 젖 먹이고 똥 치다꺼리도 힘든데, 이젠 유기 로봇 밥까지 챙겨 먹이고. 아이고, 내 팔자야."

"그러게 왜 착한 짓이냐, 안 어울리게."

"무슨 착한 짓씩이나. 그냥 하는 거지, 그냥. 눈에 보이는데 어떡해. 눈 감고 살 수도 없고."

마녀는 툴툴거리며 막내에게 분유를 먹였다. 고개 빳빳이 세우고 쪽쪽쪽 잘도 빨아 먹네, 고 녀석. 마녀 말이 맞다. 내가 무슨 수로 막내를 키우겠어. 내 한 몸도 어쩌지 못하는데……. 그러고 보니 식탁 아래에 고양이 사료가 있다. 그것도 두 포대나. 마녀에게 물었다.

"고양이 사료를 벌써 사 놨어? 막내는 아직 사료 못 먹잖아."

마녀가 심드렁히 말했다.

"주차장에 이불이랑 물이랑 같이 두는 사료야. 길고양이들 오면가면 먹으라고."

"그게 너……였어?"

"아예 여기서 사는 고양이가 있는 줄은 몰랐네."

"……누더기 여사가 늘 고마워했어."

"여사님 얘기 좀 해 봐. 너 고양이 말 안다며."

"누더기 여사는 널 대걸레 마녀라고 불렀어."

"오, 그거 마음에 든다. 대걸레 마녀, 예술가의 소울이 느껴져!"

마녀는 수건으로 감싼 막내를 보여 줬다. 배가 볼록했다. 따뜻한 핫팩을 수건으로 돌돌 말아 막내 옆에 두었다. 미지근한 물로 적신 손수건으로 막내의 항문을 마사지했다. 천천히, 꼼꼼하고 부드럽게. 똥을 푸짐하게 싼 막내는 핫팩에 기대 잠들었다. 눈가와 등줄기의 검은 무늬가, 다리의 새하얀 털이, 노오란 꼬리가 누더기 여사와 똑 닮았다.

"너희 집 주차장이 이 동네 최고 핫플이거든. 네가 매일 깨끗

한 물이랑 사료를 가져다 두니까 여길 차지하려는 고양이들이 많았어. 결국 전쟁이 일어났지. 봉제산 일대의 모든 고양이들이 뛰어들었어. 일주일간 아홉 번의 전투가 있었는데, 난 증인 자격으로 모든 전투를 참관했지.

봉제산 서쪽 기슭의 패왕으로 3대째 군림하는 흰양말 일족의 맏이가 유력했어. 흰양말 맏이는 근방의 모든 고양이들이 인정하는 수컷 중의 수컷이야. 그의 승리에 이의를 제기할 고양이가 없었지. 내가 그를 주차장의 주인으로 선언하려던 때, '누더기'가 나타났어.

몸 여기저기 땜빵이 난 누더기는 흰양말 맏이보다 한참 작고 어렸어. 딱 봐도 전투 경험이 없었지. 하지만 그 절박하고 형형한 눈빛만은 달랐어. 누더기는 그 어떤 고양이도 범접할 수 없는 기운을 내뿜으며 27분간 줄기차게 흰양말 맏이에게 달려들었지. 결국 나가떨어진 건 흰양말 맏이였어. 체급과 경험치를 넘어서게 한 건 누더기의 절박함이었어. 참전한 모든 고양이들은 자기 한 목숨을 걸고 싸웠지만, 누더기는 자기 목숨과 더불어 배 속의 네 목숨까지 걸고 싸웠거든. 참관인이자 증인으로서 나는 누더기에게 '여사'의 칭호를 부여하고 이 주차장의 임자로 선포했지.

이후 31일은 누더기 여사의 생애 중 가장 안전하고 평안한 시기였어. 배 속의 아이들도 무럭무럭 자랐지. 출산 때가 되자 누더기 여사는 몹시 긴장했고 겁을 먹었어. 첫 출산이었거든. 하지만 정말 용감했지.

첫째와 둘째는 무사히 순산했는데, 문제는 셋째였어. 배 속에서 이미 사산된 거야. 검은 피만 줄줄 나오더라. 사산된 아기가 산도를 막고 있어서 넷째의 생사도 장담할 수 없었어. 고통에 몸부림치던 누더기 여사는 완전히 탈진해 거의 정신을 잃은 상태였어. 그때 내가 손가락으로 사산된 아기를 잡아당겼지. 새카만 덩어리가 와르르 쏟아졌어. 다시 진통이 시작되었고 곧 막내가 태어났어.

난 그렇게 작은 고양이 새끼를 본 적이 없었어. 숨도 쉬지 않기에 곧 가는구나 싶었는데, 누더기 여사는 포기하지 않고 계속 핥더라. 미요, 막내가 울자 누더기 여사도 울었어. 나도 울고 싶었는데 난 눈물이 없잖아. 그래서 노래를 불렀어, 봄에 고양이들이 부르는 다정한 청혼의 노래.

누더기 여사는 울다가 웃더니 완전히 잠들었어. 세 아이들에게 젖을 물린 채, 유언 한마디 남기지 못하고……."

마녀는 눈물 콧물을 주체하지 못한다. 도대체 티슈를 두고 손등으로 콧물을 닦는 이유는 뭘까. 내가 쯧쯧, 혀를 차자 마녀는 내 눈치를 보며 말한다.

"펄프, 펄프 아껴야지. 손이야 닦으면 되니까. 생활 오수는 재활용률이 좋잖아."

"그럼 손수건에다 닦고 빨아!"

"아, 그럼 되는구나."

마녀가 실실 웃으며 콧물 범벅 손등을 바지에 문지른다. 손등이 지난 자리가 얼룩덜룩하다. 으아, 얘 진짜 왜 이러고 살까.

"그런데 넌 왜 혼자 살아? 혼자 지내기엔 큰 집인데."

"……부모님은 일본에 계셔. 나 교포 4세. 고1 때 한국에 왔고 계속 한국에서 살고 싶은데, 부모님이 일본으로 들어오라고 하셔. 대학, 떨어졌거든. 떨어지는 게 당연해. 공부 하나도 안 했으니까. 난 그림 그리고 싶은데 집에선 공대 가래. 난 공대 머리 아닌데 말이야. 하아, 나 이런 얘기 처음 하는데……. 암튼 고민 중이야. 그림이란 게 꼭 대학을 가야 그릴 수 있는 건 아니니까……."

"네 그림 별로던데."

"알거든!"

"대신 뭘 만드는 건 잘하더라. 2층에 설치한 작품은 정말 근사했어. 내 예전 주인새가 현대미술광이어서 나도 공부 좀 했거든. 내 말 믿어. 현대미술은 아니, 현대예술은 광대해. 네가 걸어갈 길 하나쯤은 있어. 너무 한 가지만 고집하지만 않으면…… 뭐하냐, 너. 지금 우냐?"

174

마녀는 또 눈물 콧물 범벅이 되어 버렸다. 도대체 어느 대목에서 눈물이 나는 건지. 대걸레 마녀가 순수 마녀라서 다행이다. 기왕 이렇게 된 거 슬쩍 찔러나 볼까.

"도와줘."

"뭐, 뭘?"

"누더기 여사, 묻어 줘. 세 아이들도 같이."

마녀의 단춧구멍만 한 눈이 접시만 해졌다. 손사래부터 치더니 아주 진저리를 쳤다.

"나, 나는 죽은 거, 그런 거 못 만져. 봤잖아, 복도에 파리 시체도 못 치우는 거. 그리……고, 그리고! 내가 어쨌든 누더기 여사의 아깽이를 돌보잖아. 그거면 충분하지!"

"넌 이 집 주차장에 시체가 쌓여 있어도 괜찮아?"

"아니!"

"그럼 가서 묻어 줘."

"내가 장비 빌려줄 테니까 봉지 기사님이 해. 나, 나, 나는 육아 때문에 바쁘잖아."

흐음, 그렇게 나오시겠다? 마녀는 내 눈치를 보더니 슬금슬금 막내 곁으로 가 앉았다. 나도 막내 곁으로 다가갔다.

"길고양이의 수명은 평균 3년이야. 다들 길에서 살다가 길에서 죽어. 그런데 왜 길고양이의 시체가 눈에 안 띄는지 알아?"

"왜…… 왜, 난 몰라."

"길에는 음식이 귀하지."

"그……런데?"

"동족의 시체만큼 양질의 단백질원은 없어. 다들 시체를 원한다고."

"그, 그만! 알았으니까 그만하라고, 쫌!"

마녀는 검은 봉지와 수건과 꽃삽을 챙겼다.

"썩기 쉽게 그냥 묻어 줘. 수건에 싸지 말고."

마녀가 가자미눈을 떴다. 마스크, 고무장갑, 비닐 앞치마, 어디서 가져왔는지 포대자루까지 챙겼다. 내가 꽃삽을 들자 마녀가 빼앗았다.

"생모 장례식인데, 덩이도 데려가야지. 네가 안아."

"덩이?"

"응, 복덩이. 방금 지었어. 딱 어울리지?"

"그게 뭐야! 이렇게 귀엽고 예쁜 애한테."

"예쁜 애들은 이름이 좀 촌스러워야 해. 그럼 더 차밍해 보이거든."

마녀는 흰 머리를 흔들며 애매한 포즈를 취한다. 저게 차밍한 포즈인가. 난해하다, 난해해.

"그래서 차밍해 보이고 싶은 은둔형 예술가님의 이름은 뭐야?"

"봉희, 엄봉희. 넌?"

"내 이름? 알잖아, 봉지."

봉희가 깔깔 웃는다. 덩이도 메옹, 웃는다.

우린 같이 문을 열었다.

작가의 말

제 정체는 '낭만 채집가'입니다.

저에게 낭만이란 '별 볼 일 없어 보이는 작은 사물이나 사건에서 가치를 발견하는 일'입니다. 산책하다가 정수리에 떨어진 새똥을 일 년 치 불운과 맞바꾸고(내 맘이죠.) 창문을 가린 댕댕이덩굴의 초록 꽃잎이 방으로 떨어졌을 때 복 들어왔다며 감격하는(역시 내 맘입니다.) 그런 일입니다. 정거장 벤치 아래 핀 조그만 냉이꽃이나 도로변 빗물받이 사이로 쑥 자란 명아주를 발견하는 일도 중요한 낭만 채집입니다. 험지에서도 끝끝내 살아 내는 생명력은 언제 보아도 경탄스러워요. 놀랍고도 소중한, 잊지 말아야 할 신비. 이렇게 일상에서 소소한 낭만을 채집해 기억하는 일이 저에겐 큰 행복입니다.

이 단편집은 제가 일상에서 발견한 위대한 낭만에서 시작되었습니다. 요양원에서 어르신이 나눠 준 요구르트 한 병, 친구에게 선물할 거라며 클레이로 만든 필통을 자랑하던 어린이의 미소, 점주 되기 연습이라며 늦은 밤 편의점을 지키는 학생의 씩씩한 웃음, 한여름 뙤약볕이 쏟아지는 놀이터에서 고양이 물그릇을 챙기던 학생의 섬세한 손길. 그분들의 다정함이 제게로 와 다섯 개의 이야기가 되었습니다.

이렇게 한 권으로 묶어 세상에 내놓을 수 있어서 더없이 기쁩니다. 수록작 중 「젤리의 경배」는 웹진 크로스로드 2019년 4월호에 실었던 작품을 개고한 것입니다. 제목도 바꾸고 좀 더 편안하게 읽을 수 있게끔 많은 부분 다듬었습니다.

「이토록 좋은 날, 오늘의 주인공은」은 2020년 11월 『오늘의 SF #2』(arte)에 실었던 작품을 토대로 작업했습니다. 첫 번째 에피소드만 가져와 정리했고 나머지 에피소드는 새로 썼습니다.

저의 이야기가 그대의 일상에 작은 낭만이 되면 좋겠습니다. 사실 그런 마음으로 썼어요. 실없이 웃다가 잠깐 쉬게 하는 이야기이길 바랐습니다.

언젠가 또 이렇게 인사드릴게요.

늘 평안하길, 아무리 바빠도 오늘 하루치의 낭만은 꼭 챙기길 바랍니다.

2023년 가을과 겨울 사이
낭만 채집가 문이소

수록 작품 발표 지면

「젤리의 경배」 … 웹진 크로스로드(아시아태평양이론물리센터, 2019년 4월 통권163호),
　　　　　　　발표 당시 제목은 '베레쉬트'
「유영의 촉감」 …『희망의 질감』(문학동네, 2022)
「봉지 기사와 대걸레 마녀의 황홀한 우울경」 …『외로움의 습도』(문학동네, 2022)

내 정체는 국가 기밀, 오쪼록 비밀

© 2023 문이소

1판 1쇄 2023년 12월 22일 | 1판 2쇄 2024년 5월 24일
글쓴이 문이소 | 책임편집 원선화 | 편집 김지수 강지영 이복희 | 디자인 김성령
마케팅 정민호 서지화 한민아 이민경 안남영 왕지경 정경주 김수인 김혜원 김하연 김예진
브랜딩 함유지 함근아 고보미 박민재 김희숙 박다솔 조다현 정승민 배진성
저작권 박지영 형소진 최은진 서연주 오서영 | 제작 강신은 김동욱 이순호 | 제작처 영신사
펴낸곳 (주)문학동네 | 펴낸이 김소영 | 출판등록 1993년 10월 22일 제2003-000045호
주소 10881 경기도 파주시 회동길 210 | 전자우편 kids@munhak.com
홈페이지 www.munhak.com | 카페 cafe.naver.com/mhdn
북클럽 bookclubmunhak.com | 트위터 @kidsmunhak | 인스타그램 @kidsmunhak
대표전화 (031)955-8888 팩스 (031)955-8855
문의전화 (031)955-3576(마케팅) (02)3144-3238(편집)
ISBN 978-89-546-9739-2 03810

잘못된 책은 구입하신 서점에서 교환해 드립니다. 기타 교환 문의: (031)955-2661, 3580